AF197974

Tucholsky   Wagner   Zola   Scott   Sydow   Freud   Schlegel
Turgenev   Wallace   Fonatne
Twain   Walther von der Vogelweide   Fouqué   Friedrich II. von Preußen
Weber   Freiligrath   Frey
Fechner   Fichte   Weiße Rose   von Fallersleben   Kant   Ernst   Frommel
Richthofen
Hölderlin
Engels   Fielding   Eichendorff   Tacitus   Dumas
Fehrs   Faber   Flaubert
Eliasberg   Ebner Eschenbach
Feuerbach   Maximilian I. von Habsburg   Fock   Eliot   Zweig
Ewald   Vergil
Goethe   Elisabeth von Österreich   London
Mendelssohn   Balzac   Shakespeare
Trackl   Lichtenberg   Rathenau   Dostojewski   Ganghofer
Stevenson   Doyle   Gjellerup
Mommsen   Tolstoi   Hambruch
Thoma   Lenz   Hanrieder   Droste-Hülshoff
Dach   Verne   von Arnim   Hägele   Hauff   Humboldt
Reuter   Rousseau   Hagen
Karrillon   Garschin   Hauptmann   Gautier
Damaschke   Defoe   Hebbel   Baudelaire
Descartes   Hegel   Kussmaul   Herder
Wolfram von Eschenbach   Dickens   Schopenhauer
Bronner   Darwin   Melville   Grimm   Jerome   Rilke   George
Campe   Horváth   Aristoteles   Bebel   Proust
Bismarck   Vigny   Barlach   Voltaire   Federer   Herodot
Gengenbach   Heine
Storm   Casanova   Tersteegen   Gilm   Grillparzer   Georgy
Chamberlain   Lessing   Langbein   Gryphius
Brentano   Lafontaine
Strachwitz   Claudius   Schiller   Kralik   Iffland   Sokrates
Katharina II. von Rußland   Bellamy   Schilling
Gerstäcker   Raabe   Gibbon   Tschechow
Löns   Hesse   Hoffmann   Gogol   Wilde   Gleim   Vulpius
Luther   Heym   Hofmannsthal   Klee   Hölty   Morgenstern
Roth   Heyse   Klopstock   Kleist   Goedicke
Luxemburg   Puschkin   Homer
La Roche   Horaz   Mörike   Musil
Machiavelli
Navarra   Aurel   Musset   Kierkegaard   Kraft   Kraus
Nestroy   Marie de France   Lamprecht   Kind   Kirchhoff   Hugo   Moltke
Laotse   Ipsen   Liebknecht
Nietzsche   Nansen   Ringelnatz
Marx   Lassalle   Gorki   Klett
von Ossietzky   May   Leibniz   Irving
vom Stein   Lawrence
Petalozzi   Platon   Knigge
Sachs   Poe   Pückler   Michelangelo   Kock   Kafka
Liebermann   Korolenko
de Sade   Praetorius   Mistral   Zetkin

Der Verlag tredition aus Hamburg veröffentlicht in der Reihe **TREDITION CLASSICS** Werke aus mehr als zwei Jahrtausenden. Diese waren zu einem Großteil vergriffen oder nur noch antiquarisch erhältlich.

Symbolfigur für **TREDITION CLASSICS** ist Johannes Gutenberg (1400 — 1468), der Erfinder des Buchdrucks mit Metalllettern und der Druckerpresse.

Mit der Buchreihe **TREDITION CLASSICS** verfolgt tredition das Ziel, tausende Klassiker der Weltliteratur verschiedener Sprachen wieder als gedruckte Bücher aufzulegen – und das weltweit!

Die Buchreihe dient zur Bewahrung der Literatur und Förderung der Kultur. Sie trägt so dazu bei, dass viele tausend Werke nicht in Vergessenheit geraten.

Eine Meerfahrt

Novelle

Joseph Freiherr von Eichendorff

Impressum

Autor: Joseph Freiherr von Eichendorff
Umschlagkonzept: toepferschumann, Berlin

Verlag: tredition GmbH, Hamburg
ISBN: 978-3-8424-0712-1
Printed in Germany

Joseph von Eichendorff

Eine Meerfahrt

Novelle

war im Jahre 1540, als das valenzische Schiff »Fortuna« die Linie passierte und nun in den Atlantischen Ozean hinausstach, der damals noch einem fabelhaften Wunderreiche glich, hinter dem Columbus kaum erst die blauen Bergesspitzen einer neuen Welt gezogen hatte. Das Schiff hatte eben nicht das beste Aussehen, der Wind pfiff wie zum Spott durch die Löcher in den Segeln, aber die Mannschaft, lumpig, tapfer und allezeit vergnügt, fragte wenig darnach, sie fuhren immerzu und wollten mit Gewalt neue Länder entdecken. Nur der Schiffshauptmann Alvarez stand heute nachdenklich an den Mast gelehnt, denn eine rasche Strömung trieb sie unaufhaltsam ins Ungewisse von Amerika ab, wohin er wollte. Von der Spitze des Verdecks aber schaute der fröhliche Don Antonio tief aufatmend in das fremde Meer hinaus, ein armer Student aus Salamanca, der von der Schule neugierig mitgefahren war, um die Welt zu sehen. Dabei hatte er heimlich noch die Absicht und Hoffnung, von seinem Oheim Don Diego Kunde zu erhalten, der vor vielen Jahren auf einer Seereise verschollen war und von dessen Schönheit und Tapferkeit er als Kind so viel erzählen gehört, daß es noch immer wie ein Märchen in seiner Seele nachhallte. – Ein frischer Wind griff unterdessen rüstig in die geflickten Segel, die künstlich geschnitzte bunte Glücksgöttin am Vorderteil des Schiffes glitt heiter über die Wogen, den wandelbaren Tanzboden Fortunas. Und so segelten die kühnen Gesellen in die unbekannte Ferne hinaus, aus der ihnen seltsame Abenteuer, zackiges Gebirge und stille blühende Inseln wie im Traume allmählich entgegendämmerten. Schon zwei Tage waren sie in derselben Richtung fortgesegelt, ohne ein Land zu erblicken, als sie unerwartet in den Zauberbann einer Windstille gerieten, die das Schiff fast eine Woche lang mit unsichtbarem Anker festhielt. Das war eine entsetzliche Zeit. Der hagere gelbe Alvarez saß unbeweglich auf seinem ledernen Armstuhle und warf kurze scharfe Blicke in alle Winkel, ob ihm nicht jemand guten Grund zu ordentlichem Zorne geben wollte, die Schiffsleute zankten um nichts vor Langeweile, dann wurde oft alles auf einmal wieder so still, daß man die Ratten im untern Raum schaben hörte. Antonio hielt es endlich nicht länger aus und eilte auf das Verdeck, um nur frische Luft zu schöpfen. Dort hingen die Segel und Taue schlaff an den Masten, ein Matrose mit offener brauner Brust lag auf dem Rücken und sang ein valenzianisches Lied, bis auch er einschlief. Antonio aber blickte in das Meer, es war so klar, daß man bis auf den Grund sehen konnte, das Schiff hing in der Öde wie ein dunkler Raubvogel über den unbekannten Abgründen, ihm schwindelte zum ersten Male vor dem Unternehmen, in das er sich so leicht gestürzt. Da gedachte er der fernen schattigen Heimat, wie er dort als Kind an solchen schönen Sommertagen mit seinen Verwandten oft vor dem hohen Schloß im Garten gesessen, wo sie nach den Segeln fern am Horizonte aussahen, ob nicht Diegos Schiff unter ihnen. Aber die Segel zogen wie stumme Schwäne vorüber, die Wartenden droben wurden alt und starben, und Diego kam nicht wieder, kein Schiffer brachte jemals Kunde von ihm. – Das Angedenken an diese stille Zeit wollte ihm das Herz abdrücken, er lehnte sich an den Bord und sang für sich:

seh von des Schiffes Rande
Tief in die Flut hinein:
Gebirge und grüne Lande,
Der alte Garten mein,
Die Heimat im Meeresgrunde,
Wie ich's oft im Traum mir gedacht,
Das dämmert alles da drunten
Als wie eine prächtige Nacht.

Die zackigen Türme ragen,
Der Türmer, er grüßt mich nicht,
Die Glocken nur hör ich schlagen
Vom Schloß durch das Mondenlicht
Und den Strom und die Wälder rauschen

Verworren vom Grunde her,
Die Wellen vernehmen's und lauschen
So still übers ganze Meer.

Don Diego auf seiner Warte
Sitzet da unten tief,
Als ob er mit langem Barte
Über seiner Harfe schlief.

Da kommen und gehn die Schiffe
Darüber, er merkt es kaum,
Von seinem Korallenriffe
Grüßt er sie wie im Traum.

Und wie er noch so sann, kräuselte auf einmal ein leiser Hauch das Meer immer weiter und tiefer, die Segel schwellten allmählich, das Schiff knarrte und reckte sich wie aus dem Schlaf, und aus allen Luken stiegen plötzlich wilde gebräunte Gestalten empor, da sie die neue Bewegung spürten, sie wollten sich lieber mit dem ärgsten Sturme herumzausen, als länger so lebendig begraben Auf einmal schrie es »Land!« vom Mastkorbe, »Land, Land!«. Antonio kletterte in seinem buntseidenen Wams wie ein Papagei auf der schwankenden Strickleiter den Hauptmast hinan, er wollte das Land zuerst begrüßen. Alvarez eilte nach seiner Karte, da war aber alles leer auf der Stelle, wo sie soeben sich befinden mußten. »Baccalaureus, Herzensjunge!« schrie er herauf, »schaff mir einen schwarzen Punkt auf die Karte hier, ich mach dich zum Doktor drin, was siehst du?« –
»Ein blauer Berg taucht auf«, rief Antonio hinab, »jetzt wieder einer – ich glaub, es sind Wolken, es dehnt sich und steigt im Nebel wie Turmspitzen. – Nein, jetzt unterscheide ich Gipfel, o wie das schön ist! und helle Streifen dazwischen in der Abendsonne, unten dunkelt's schon grün, die Gipfel brennen wie Gold.« – »Gold?« rief der Hauptmann und hatte sein altes Perspektiv genommen, er zielte und zog es immer länger und länger, er schwor, es sei das reiche Indien, das unbekannte große Südland, das damals alle Abenteurer suchten.

In diesem Augenblicke aber waren plötzlich alle Gesichter erbleichend in die Höh' gerichtet: ein dunkler Geier von riesenhafter Größe hing mit weit ausgespreizten Flügeln gerade über dem Schiff, als könnt er die Beute von Galgenvögeln nicht erwarten. Bei dem

7

Anblick ging ein Gemurmel, erst leise, dann immer lauter, durch das ganze Schiff, alle hielten es für ein Unglückszeichen. Endlich brach das Schiffsvolk los, sie wollten nicht weiter und drangen ungestüm in den Hauptmann, von dem verhängnisvollen Eiland wieder abzulenken. Da zog Alvarez heftig seinen funkelnden Ring vom Finger, lud ihn schweigend in seine Muskete und schoß nach dem Vogel. Dieser, tödlich getroffen, wie es schien, fuhr pfeilschnell durch die Lüfte, dann sah man ihn taumelnd immer tiefer nach dem Lande hin in der Abendglut verschwinden. »Meld dem Land, daß sein Herr kommt«, sagte Alvarez nachschauend, auf seine gestützt, »und wer mir den Ring wiederbringt, soll Statthalter des Reichs sein!« – »Hat sich was wiederzubringen«, brummte einer, »der Ring war nur von böhmischen Steinen!«

Indem aber fing die Luft schon zu dunkeln an, man beschloß daher, den folgenden Tag abzuwarten, bevor man sich der unbekannten Küste näherte. Die Segel wurden eiligst eingezogen, die Anker geworfen und auf Bord und Masten Wachen ausgestellt. Aber keiner konnte schlafen vor Erwartung und Freude, die Matrosen lagen in der warmen Sommernacht plaudernd auf dem Verdecke umher, Alvarez, Antonio und die Offiziere saßen zusammen vorn auf Fortunas Schopfe, unter ihnen schlugen die Wellen leise ans Schiff, während fern am Horizont die Nacht sich mit Wetterleuchten kühlte. Der vielgereiste Alvarez erzählte vergnügt von seinen früheren Fahrten, von ganz smaragdenen Felsenküsten, an denen er einmal gescheitert, von prächtigen Vögeln, die wie Menschen sängen und die Seeleute tief in die Wälder verlockten, von wilden Prinzessinnen auf goldenen Wagen, die von Pfauen gezogen würden. – »Wer da!« rief da auf einmal eine Wache an, alles sprang rasch hinzu. »Wer da, oder ich schieße!« schrie der Posten von neuem. Da aber alles stillblieb, ließ er langsam seine Muskete wieder sinken und sagte nun aus, es sei ihm schon lange gewesen, als hörte er in der See flüstern, immer näher, bald da, bald dort, dann habe plötzlich die Flut ganz in der Nähe aufgerauscht. Alle lauschten neugierig hinaus, sie konnten aber nichts entdecken, nur einmal war's ihnen selber, als hörten sie Ruderschlag von ferne. – Unterdes aber war der Mond aufgegangen, und sie bemerkten nun, daß sie dem Lande näher waren, als sie geglaubt hatten. Dunkle Wolken flogen wechselnd darüber, der Mond beleuchtete verstohlen ein Stück wunderbares

Gebirge mit Zacken und jähen Klüften, immer höher stieg Reihe Gipfel hinter der andern empor, der Wind kam vom Lande, sie hörten drüben einen Vogel melancholisch singen und ein tiefes Rauschen dazwischen, sie wußten nicht, ob es die Wälder waren oder die Brandung. So starrten sie lange schweigend in die dunkle Nacht, als auf einmal einer den andern flüsternd anstieß.»Sirenen!« hieß es da plötzlich von Mund zu Munde,»seht da, ein ganzes Nest von Sirenen!« – und in der Ferne glaubten sie wirklich schlanke weibliche Gestalten in der schimmernden Flut spielend auftauchen und wieder verschwinden zu sehen.»Die erwisch ich!« rief Alvarez, der sich indes rasch mit Degen, Muskete und Pistolen schon bis an die Zähne bewaffnet hatte und eiligst auf der Schiffsleiter in das kleine Boot hinabstieg. Antonio folgte fast unwillkürlich.»Gott schütz, der Hauptmann wird verliebt, bindet ihn!« riefen da mehrere Stimmen verworren durcheinander. Alle wollten nun die tolle Abfahrt hindern, da sie aber das Boot festhielten, zerhieb Alvarez mit seinem Schwerte das Tau, und die beiden Abenteurer ruderten allein in den Mondglanz hinaus. Die zurückkehrende Flut trieb sie unmerklich immer weiter dem Lande zu, ein erquickender Duft von unbekannten Kräutern und Blüten wehte ihnen von der Küste entgegen, so fuhren sie dahin. Auf einmal aber bedeckte ein schwere Wolke den Mond, und als er endlich wieder hervortrat, war See und Ufer still und leer, als hätte der fliegende Wolkenschatten alles abgefegt. Betroffen blickten sie umher, da hatten sie zu ihrem Schrecken hinter einer Landzunge nun auch ihr Schiff aus dem Gesicht verloren. Die wachsende Flut riß sie unaufhaltsam nach dem Strande, das Ufer, wie sie so pfeilschnell dahinflogen, wechselte grauenhaft im verwirrenden Mondlicht, auf einsamem Vorsprunge aber saß es wie ein Riese in weiten grauen Gewändern, der über dem Rauschen des Meeres und der Wälder eingeschlafen. –»Diego!« sagte Antonio für sich. – Alvarez aber, in Zorn und Angst, feuerte wütend sein Pistol nach der grauen Gestalt ab. In demselben Augenblick stieß das Boot so hart auf den Grund, daß der weiße Gischt der Brandung hoch über ihnen zusammenschlug. Alvarez schwang sich kühn auf einen Uferfels, den erschrockenen Antonio gewaltsam mit sich emporreißend, hinter ihnen zerschellte das Boot in tausend Trümmer. Aber so zerschlagen und ganz durchnäßt, wie er war, kletterte der Hauptmann eilig weiter hinan, und auf dem ersten Gipfel zog er sogleich seinen Degen, stieß ihn in den Boden und nahm feierlich Besitz von diesem Lande mit allen seinen Buchten, Vorgebirgen und etwa dazugehörigen Inseln. »Amen!« sagte Antonio, sich das Wasser von den Kleidern schüttelnd, »nun aber wollt ich, wir wären mit Ehren wieder von dieser fürstlichen Höhe hinunter, ich gebe Euch keinen Pfeffersack für Euer ganzes zukünftiges Königreich!« – »Zukünftiges?« erwiderte Alvarez, »das ist mir just das Liebste dran! Mit Kron und Zepter auf dem Throne sitzen, Audienz geben, mit den Gesandten parlieren: ›Was macht unser Herr Vetter von England usw.?‹ Langweiliges Zeug! Da lob ich mir einen Regenbogen, zweifelhafte Türme von Städten, die ich noch nicht sehe, blaues Gebirge im Morgenschein, es ist, als rittst du in den Himmel hinein; kommst du erst hin, ist's langweilig. Um ein Liebchen werben ist scharmant; heiraten: wiederum langweilig! Hoffnung ist meine Lust, was ich liebe, muß fern liegen wie das Himmelreich.

> Soll Fortuna mir behagen,
> Will ich über Strom und Feld
> Wie ein schlankes Reh sie jagen
> Lustig, bis ans End' der Welt!«

aber sang er mit seiner heisern Stimme nur, um sich selber die Grillen zu versingen, denn ihre Lage war übel genug. Zu den Ihrigen wieder zurückzufinden, konnten sie nicht hoffen, ohne sich ihnen durch Signale kundzugeben; Feuer anzünden aber, schießen oder sonstigen Lärm machen wollten sie nicht, um das wilde Gesindel nicht gegen sich aufzustören, das vielleicht in den umherliegenden Klüften nistete. Da beschlossen sie endlich, einen der höhern Berggipfel zu besteigen, dort wollten sie sich erst umsehen und im schlimmsten Falle den Morgen abwarten. Als sie nun aber in solchen Gedanken immer tiefer in das Gebirge hineingingen, kam ihnen nach und nach alles gar seltsam vor. Der Mondschein beleuchtete wunderlich Wälder, Berge und Klüfte, zuweilen hörten sie Quellen aufrauschen, dann wieder tiefe weite Täler, wo hohe Blumen und Palmen wie in Träumen standen. Fremde Rehe grasten auf einem einsamen Bergeshange, die reckten scheu die langen schlanken Hälse empor, dann flogen sie pfeilschnell durch die Nacht, daß es noch weit zwischen den stillen Felswänden donnerte.

Jetzt glaubte Antonio in der Ferne ein Feuer zu bemerken. Alvarez sagte, wo in diesen Ländern eine reiche Goldader durchs Gebirge ginge, da gebe es oft solchen Schein in stillen Nächten. Sie verdoppelten daher ihre Schritte, leis und vorsichtig ging es über mondbeglänzte Heiden, das Licht wurde immer breiter und breiter, schon sahen sie den Widerschein jenseits an den Klippen des gegenüberstehenden Berges spielen. Auf einmal standen sie vor einem jähen Abhänge und blickten erstaunt in ein tiefes, rings von Felsen eingeschlossenes Tal hinab; kein Pfad schien zwischen den starren Zacken hinabzuführen, die Felswände waren an manchen Stellen wunderbar zerklüftet, aus einer dieser Klüfte drang der trübe Schein hervor, den sie von weitem bemerkt hatten. Zu ihrem Entsetzen sie dort einen wilden Haufen dunkler Männer, Windlichter in den Händen, abgemessen und lautlos im Kreise herumtanzen, während sie manchmal dazwischen bald mit ihren Schilden, bald mit den Fackeln zusammenschlugen, daß die sprühenden Funken sie wie ein Feuerchen umgaben. Inmitten dieses Kreises aber, auf einem Moosbette, lag eine junge schlanke Frauengestalt, den schönen Leib ganz bedeckt von ihren langen Locken und Arme, Haupt und Brust mit funkelnden Spangen und wilden Blumen geschmückt, als ob sie schliefe, und sooft die Männer ihre Fackeln schüttelten, konnten sie deutlich das schöne Gesicht der Schlummernden erkennen.

»Es ist Walpurgis heut«, flüsterte Alvarez nach einer kleinen Pause, »da sind die geheimen Fenster der Erde erleuchtet, daß man bis ins Zentrum schauen kann.« Aber Antonio hörte nicht, er starrte ganz versunken und unverwandt nach dem schönen Weibe hinab. »Vermaledeiter Hexensabbat ist's«, sagte der Hauptmann wieder, »Frau Venus ist's! In dieser Nacht alljährlich opfern sie ihr heimlich, *ein* Blick von ihr, wenn sie erwacht, macht wahnsinnig.« Antonio, so verwirrt er von dem Anblick war, ärgerte doch die Unwissenheit des Hauptmanns. »Was wollt Ihr?« entgegnete er leise, »die Frau Venus hat ja niemals auf Erden wirklich gelebt, sie war immer nur so ein Symbolum der heidnischen Liebe, gleichsam ein Luftgebild, eine Schimäre. Horatius sagt von ihr: ›Mater saeva cupidinum‹ –« – »Sprecht nicht lateinisch hier, das ist just ihre Muttersprache!« unterbrach ihn Alvarez heftig und riß den Studenten vom Abgrunde durch Hecken und Dornen mit sich fort. »Der Teufel«, sagte er, als sie schon eine Strecke fortgelaufen waren, »der Teufel – wollt' sagen: der – nun, Ihr wißt schon, man darf ihn heut nicht beim Namen nennen – der hat für jeden seine besondern Finten, unsereins faßt er geradezu beim Schopf, eh man sich's versieht, euch Gelehrte nimmt er säuberlich zwischen zwei Finger wie eine Prise Tabak.«

diesem Diskurs stolperten sie, von Schweiß triefend, im Dunkeln über Stock und Stein, einmal kam's ihnen vor, als flöge eine Mädchengestalt über die Heide, aber der Hauptmann drückte fest die Ohren an. So waren sie in größter Eile, ohne es selbst zu bemerken, nach und nach schon wieder tief ins Tal hinabgekommen, als ihnen plötzlich ein: »Halt, wer da!« entgegenschallte. Da war es ihnen doch nicht anders, als ob sie eine Engelsposaune vom Himmel anbliese! »He, Landsmann, Kameraden, hollahoh!« schrie Alvarez aus vollem Halse; sie traten aus dem Wald und sahen nun die Schiffsmannschaft auf einer Wiese am Meere um Feldfeuer gelagert, die warfen so lustige Scheine über die Gestalten mit den wilden Bärten, breit aufgekrempten Hüten und langen Flinten, daß Antonio recht das Herz im Leibe lachte.

Alvarez aber, noch ganz verstört von der verworrenen Nacht, trat sogleich mitten unter die Überraschten und erzählte, wie sie eben aus dem Venusberge kämen und die Frau Venus auf diamantenem Throne gesehen hätten, was sie da erlebt, wollt er keinem wünschen, denn er müßte gleich toll werden darüber. – »Kerl, warum senkst du die Hellebarde nicht, wenn dein Hauptmann vor dir steht?« fuhr er dazwischen die Schildwache an, die sich neugierig ebenfalls genähert hatte. Der Soldat aber schüttelte den Kopf, als kennte er ihn nicht mehr. Da trat der Schiffsleutnant Sanchez keck aus dem Gedränge hervor, er trug das Hauptmannszeichen an seinem Hut. Es sei hier alles in guter Ordnung, sagte er zu Alvarez, er habe sie verlassen in der Not und Fremde, auch hätten sie sein Boot zertrümmert gefunden, da habe die Mannschaft nach Seegebrauch einen neuen Anführer gewählt, *er* sei jetzt der Hauptmann! »Was«, schrie Alvarez, »Hauptmann geworden, wie man einen Handschuh umdreht, wie ein Pilz über Nacht?« Der schlaue Sanchez aber lächelte sonderbar. »Über Nacht?« er, »könnt Ihr etwa im Venusberg wissen, was es an der Zeit ist? Oho, wie lange denkt Ihr denn, daß Ihr fort gewesen, nun?« Alvarez war ganz betreten, die furchtbare Sage vom Venusberg fiel ihm jetzt erst recht aufs Herz, er traute sich selber nicht mehr. »Wißt Ihr denn nicht«, sagte Sanchez, ihm immer dreister unter das Gesicht tretend, »wißt Ihr nicht, daß mancher als schlanker Jüngling in den Venusberg gegangen und als alter Greis mit grauem Barte zurückgekommen und meint doch, er sei nur ein Stündlein oder vier zu Biere gewesen, und keiner im Dorfe kannte ihn mehr, und –« Wie er aber dem Alvarez so nahe trat, gab ihm dieser auf einmal eine so derbe Ohrfeige, daß der Hauptmannshut vom Kopfe fiel, denn er hatte sich unterdes rund umgesehen und wohl bemerkt, daß die andern kaum um ein paar Stunden älter geworden, seitdem er sie verlassen. Sanchez griff wütend nach seinem Degen, Alvarez auch, die andern drängten sich wild heran, einige wollten dem alten Hauptmann, andere dem neuen helfen. Da sprang Antonio mitten in den dichtesten Haufen, die Streitenden teilend. »Seid ihr Christen?« rief er, »blickt um euch her, auf was habt ihr eure Sach' gestellt, daß ihr so übermütig seid? Diese alten starren Felsen, die nur mit den Wolken verkehren, fragen nichts nach euch und werden sich eurer nimmermehr erbarmen. Oder baut ihr auf die Nußschale, die da draußen auf den Wellen schwankt? Der Herr allein tut's! Er hat uns mit seinen himmlischen Sternen durch die Einsamkeit der Nächte nach einer fremden Welt herübergeleuchtet und geht nun im stillen Morgengrauen über die Felsen und Wogen, daß es wie Morgenglocken fern durch die Lüfte klingt, wer weiß, welchen von uns sie abrufen – und anstatt niederzusinken im Gebet, laßt ihr eure blutdürstigen Leidenschaften wie Hunde gegeneinander los, daß wir alle davon zerrissen werden.« – »Er hat recht!« sagte Alvarez, seinen Degen in die Scheide Sanchez traute dem Alvarez nicht, doch hätte er auffahren mögen vor Ärger und wußte nicht, an wem er ihn auslassen sollte. »Ihr seid ein tapferer Ritter Rhetorio«, sagte er, »habt Ihr noch mehr so schöne Sermone im Halse?« – »Ja, um jeden frechen Narren damit zu Grabe zu sprechen«, entgegnete Antonio. »Oho«, rief Sanchez, »so müßt Ihr Feldpater werden, ich will Euch die Tonsur scheren, mein Degen ist just heute haarscharf.« Da fuhr Alvarez auf: wer dem Antonio ans Leder wolle, müsse erst durch seinen eigenen Koller hindurch. Aber Antonio hatte schon seinen Degen gezogen, trat mit zierlichem Anstande vor und sagte zum Leutnant, daß sie die Sache als Edelleute abmachen wollten. Alvarez und mehrere andere begleiteten nun die beiden weiter hin bis zum Saume des Waldes, die Schwerter wurden geprüft und der Kampfplatz mit feierlichem Ernst umschritten.

Die Palmen steckten ihre langen Blätter und Fächer verwundert über die fremden Gesellen hinaus. Gar bald aber blitzte der Mond in den blanken Waffen, denn Sanchez griff sogleich an und verschwor sich im Fechten, Antonio solle seinen Degen hinunterschlucken bis an den Griff. Der Student aber wußte schöne Hiebe und Finten von der Schule zu Salamanca her, parierte künstlich, maß und stach und versetzte dem Prahlhans, ehe er sich's versah, einen Streich über den rechten Arm, daß ihm der Degen auf die Erde klirrte. Nun faßte Sanchez das Schwert mit der Linken und stürzte in blinder Wut von neuem auf seinen Gegner; er hätte sich selbst Antonios Degenspitze in den Leib gerannt, aber die andern unterliefen ihn schnell und warfen ihn rücklings zu Boden, denn jetzt erst bemerkten sie, daß er schwer betrunken war. In der Hitze des Kampfes hatte er völlig die Besinnung verloren, sie mußten ihn an die Lagerfeuer zurücktragen, wo sie nun seine Wunden verbanden. Da hielt er sich für tot und fing sich selber ein Grablied zu singen an, es wollte nicht stimmen, er sah ganz unkenntlich aus, bis er endlich umsank und fest einschlief.»Das ist gut, er hat die Rebellion mit seinem Blut wieder abgewaschen«, sagte Alvarez vergnügt, denn alle waren dem Leutnant gewogen, weil er Not und Lust brüderlich mit seinen Kameraden teilte und in der Gefahr allezeit der erste war.

Unterdes aber hatte die Schiffsmannschaft eilig bunte Zelte aufgeschlagen und plauderte und schmauste vergnügt. Antonio mußte auf viele Gesundheiten fleißig Bescheid tun, sie erklärten ihn alle für einen tüchtigen Kerl. Dazwischen schwirrte eine Zither vom letzten Zelte, der Schiffskoch spielte den Fandango, während einige Soldaten auf dem Rasen dazu tanzten. Von Zeit zu Zeit aber rief Alvarez den Schildwachen zu, auf ihrer Hut zu sein, denn weit in der Nacht hörte man zuweilen ein seltsames Rufen im fernen Gebirge. Nach einer Stunde etwa erwachte der Leutnant plötzlich und sah verwirrt bald seinen Arm an, bald in der fremden Runde umher, aber er verwunderte sich nicht lange, denn dergleichen war ihm oft begegnet. Vom Meere wehte nun schon die Morgenluft erfrischend herüber, ihn schauerte innerlich, da faßte er einen Becher mit Wein und tat einen guten Zug; dann sang er, noch halb im Taumel, und die andern stimmten fröhlich mit ein:

Ade, mein Schatz, du mochtst mich nicht,
Ich war dir zu geringe,
Und wenn mein Schiff in Stücken bricht,
Hörst du ein süßes Klingen,
Ein Meerweib singt, die Nacht ist lau,
Die stillen Wolken wandern,
Da denk an mich, 's ist meine Frau,
Nun such dir einen andern.

ihr Landsknecht', Musketier'!
Wir ziehn auf wildem Rosse,
Das bäumt und überschlägt sich schier
Vor manchem Felsenschlosse,
Lindwürmer links bei Blitzesschein,
Der Wassermann zur Rechten,
Der Haifisch schnappt, die Möwen schrein –
Das ist ein lustig Fechten!

Streckt nur auf eurer Bärenhaut
Daheim die faulen Glieder,
Gottvater aus dem Fenster schaut,
Schickt seine Sündflut wieder.
Feldwebel, Reiter, Musketier,
Sie müssen all ersaufen,
Derweil auf der »Fortuna« wir
Im Paradies einlaufen.

Hier wurden sie auf einmal alle still, denn zwischen den Morgen-
lichtern über der schönen Einsamkeit erschien plötzlich auf einem
Felsen ein hoher Mann, seltsam in weite bunte Gewande gehüllt.
Als er in der Ferne das Schiff erblickte, tat er einen durchdringenden Schrei, dann, beide Arme hoch in die Lüfte geschwungen,
stürzte er durch das Dickicht herab und warf sich unten auf seine
Knie auf den Boden, die Erde inbrünstig küssend. Nach einigen
Minuten aber erhob er sich langsam und überschaute verwirrt den
Kreis der Reisenden, die sich neugierig um ihn versammelt hatten,
es war ein Greis von fast grauenhaftem verwilderten Ansehn. Wie
erschraken sie aber, als er sie auf einmal spanisch anredete, wie
einer, der die Sprache lange nicht geredet und fast vergessen hatte.

»Ihr habt euch«, sagte er, »alle sehr verändert in der einen langen Nacht, daß wir uns nicht gesehen.« »Darauf nannte er unter ihnen mit fremden Namen und erkundigte sich nach Personen, die ihnen gänzlich unbekannt waren.

Die Umstehenden bemerkten jetzt mit Erstaunen, daß sein Gewand aus europäischen Zeugen bunt zusammengeflickt war, um die Schultern hatte er phantastisch einen köstlichen, halb verblichenen Teppich wie einen Mantel geworfen. Sie fragten ihn, wer er sei und wie er hierhergekommen. Darüber schien der Unbekannte in ein tiefes Nachsinnen zu versinken. »In Valencia«, sagte er endlich halb für sich, leise und immer leiser sprechend, »in Valencia zwischen den Gärten, die nach dem Meere sich senken, da wohnt ein armes, schönes Mädchen, und wenn es Abend wird, öffnet sie das kleine Fenster und begießt ihre Blumen, da sang ich manche Nacht vor ihrer Tür. Wenn ihr sie wiederseht, sagt ihr – daß ich – sagt ihr – « Hier stockte er, starr vor sich hinsehend, und stand wie im Traume. Alvarez entgegnete, das Mädchen, wenn sie etwa seine Liebste gewesen, müsse nun schon hübsch alt oder längst gestorben sein. Da sah ihn der Fremde plötzlich mit funkelnden Augen an. »Das lügt Ihr«, rief er, »sie ist nicht tot, sie ist nicht alt!« – »Wer lügt?« entgegnete Alvarez ganz hitzig. »Elender«, erwiderte der Alte, »sie schläft nur jetzt, bei stiller Nacht erwacht sie oft und spricht mit mir. Ich dürfte nur ein einz'ges Wort ins Ohr ihr sagen, und ihr seid verloren, alle verloren.« – »Was will der Prahlhans?« fuhr Alvarez von neuem auf.

Sie wären gewiß hart aneinandergeraten, aber der Unbekannte hatte sich schon in die Klüfte zurückgewandt. Vergeblich setzten ihm die Kühnsten nach, er kletterte wie ein Tiger, sie mußten vor den entsetzlichen Abgründen stillstehen; nur einmal noch sahen sie seine Gewänder durch die Wildnis fliegen, dann verschlang ihn die Öde.

»Wunderbar«, sagte Antonio, ihm in Gedanken nachsehend, »es ist, als wäre er in dieser Einsamkeit in seiner eingeschlummert, den Wechsel der Jahre verschlafend, und spräch' nun irre aus der alten Zeit.« Hier wurden sie von einigen Schiffssoldaten unterbrochen, die währenddes einen Berggipfel erstiegen hatten und nun ihren Kameraden unten unablässig zuriefen und winkten. Alles kletterte eilfertig hinauf, auch Alvarez und Antonio folgten, und bald hörte man droben ein großes Freudengeschrei und sah Hüte, Degenkoppeln und leere Flaschen durcheinander in die Luft fliegen. Denn von dem vorspringenden Berge sahen sie auf einmal in ein weites gesegnetes Tal wie in einen unermeßlichen Frühling hinein. Blühende Wälder rauschten herauf, unter Kokospalmen standen Hütten auf luftigen Auen, von glitzernden Bächen durchschlängelt, fremde bunte Vögel zogen darüber wie abgewehte Blütenflocken. »Vivat der Herr Vizekönig Don Alvarez!« rief die Schiffsmannschaft jubelnd und hob den Hauptmann auf ihren Armen hoch empor. Dieser, auf ihren Schultern sich zurechtsetzend, nahm das lange Perspektiv und musterte zufrieden sein Land. Der Student Antonio aber saß doch noch höher zwischen den Blättern einer Palme, wo er mit den jungen Augen weit über Land und Meer sehen konnte. Es war ihm fast wehmütig zumute, als er in der stillen Morgenzeit unten Hähne krähen hörte und einzelne Rauchsäulen aufsteigen sah. Aber die Hähne krähten nicht in den Dörfern, sondern wild im Walde, und der Rauch stieg aus fernen Kratern, zur Warnung, daß sie auf unheimlichem vulkanischen Boden standen.

Plötzlich kam ein Matrose atemlos dahergerannt und erzählte, wie er tiefer im Gebirge auf Eingeborene gestoßen, die wären anfangs scheu und trotzig gewesen, auf seine wiederholten Fragen aber hätten sie ihn endlich an ihren König verwiesen und ihm das Schloß desselben in der Ferne gezeigt. – Er führte die andern sogleich höher zwischen den Klippen hinauf, und sie erblickten nun wirklich gegen hin wunderbare Felsen am Strande, seltsam zerrissen und gezackt gleich Türmen und Zinnen. Unten schien ein Garten wie ein bunter Teppich sich auszubreiten, von dem Felsen aber blitzte es in der Morgensonne, sie wußten nicht, waren es Waffen oder Bäche; der Wind kam von dort her, da hörten sie es zuweilen wie ferne Kriegsmusik durch die Morgenluft herüberklingen.

Einige meinten, man müsse den wilden Landsmann wieder aufsuchen, als Wegweiser und Dolmetsch, aber wer konnte ihn aus dem Labyrinth des Gebirges herausfinden, auch schien es töricht, sich einem Wahnsinnigen zu vertrauen, denn für einen solchen hielten sie alle den wunderlichen Alten. Alvarez beschloß daher, die Verwegensten zu einer bewaffneten feierlichen Gesandtschaft auszuwählen, er selbst wollte sie gleich am folgenden Morgen zu der

Residenz des Königs führen, dort hofften sie nähere Auskunft von der Natur und Beschaffenheit des Landes und vielleicht auch über den rätselhaften Spanier zu erhalten.

Das war den abenteuerlichen Gesellen eben recht, sie schwärmten nun in aller Eile wieder den Berg hinab, und bald sah man ihr Boot zwischen dem Schiffe und dem Ufer hin und her schweben, um alles Nötige zu der Fahrt herbeizuholen. Auf dem Lande aber wurde das kleine Lager schleunig mit Wällen umgeben, einige fällten Holz zu den Palisaden, andere putzten ihre Flinten, Alvarez stellte die Wachen aus, alles war in freudigem Alarm und Erwartung der Dinge, die da kommen sollten. – Mitten in diesen Vorbereitungen saß Antonio in seinem Zelt und arbeitete mit allem Fleiß eine feierliche Rede aus, die der Hauptmann morgen an dem wilden Hofe halten wollte. Der Abend dunkelte schon wieder, draußen hörte er nur noch die Stimmen und den Klang der Äxte im Wald, seine Rede war ihm zu seiner großen Zufriedenheit geraten, er war lange nicht so vergnügt gewesen.

Sonne ging eben auf, das ganze Land schimmerte wie ein stiller Sonntagsmorgen, da hörte man ein Kriegslied von ferne herüberklingen, eine weiße Fahne mit dem kastilianischen Wappen flatterte durch die grüne Landschaft. Don Alvarez war's, der zog schon so früh mit dem Häuflein, das er zu der Ambassade ausgewählt, nach der Richtung ins Blaue hinein, wo sie gestern die Residenz des Königs erblickt hatten. Die Schalksnarren hatten sich zu dem Zuge auf das allervortrefflichste ausgeputzt. Voran mit der Fahne schritt ein Trupp Soldaten, die Morgensonne vergoldete ihnen lustig die Bärte und flimmerte in ihren Hellebarden, als hätten sich einige Sterne im Morgenrot verspätet. Ihnen folgten mehrere Matrosen, welche auf einer Bahre die für den König bestimmten Geschenke trugen: Pfannen, zerschlagene Kessel und was sonst die Armut an altem Gerümpel zusammengefegt. Darauf kam Alvarez selbst. Er hatte, um sich bei den Wilden ein vornehmes Ansehen zu geben, den Schiffsesel bestiegen, eine große Allongeperücke aufgesetzt und einen alten weiten Scharlachmantel umgehängt, der ihn und den Esel ganz bedeckte, so daß es aussah, als ritt' der lange hagre Mann auf einem Steckenpferde über die grüne Au'. Der dicke Schiffskoch aber war als Page ausgeschmückt, der hatte die größte Not, denn der frische Seewind wollte ihm alle Augenblick' das knappe Federbarett vom Kopfe reißen, während der Esel von Zeit zu Zeit gelassen einen Mundvoll frischer Kräuter nahm. Antonio ging als Dolmetsch neben Alvarez her, denn er hatte schon zu Hause die indischen Sprachen mit großem Fleiße studiert. Alvarez aber zankte in einem fort mit ihm; er wollte in die Rede, die er soeben memorierte, noch mehr Figuren und Metaphern haben, gleichsam einen gemalten Schnörkel vor jeder Zeile. Dem Antonio aber fiel durchaus nichts mehr ein, denn der steigende Morgen vergoldete rings um sie her die einer wunderbaren unbekannten Schrift, daß er innerlich still wurde vor der Pracht.

Ihre Fahrt ging längs der Küste fort, bald sahen sie das Meer über die Landschaft leuchten, bald waren sie wieder in tiefer Waldeinsamkeit. Der rüstige Sanchez streifte unterdes jägerhaft umher.

Kaum hatte der Zug die Gebirgsschluchten erreicht, als ein Wilder, im Dickicht versteckt, in eine große Seemuschel stieß. Ein zweiter gab Antwort und wieder einer, so lief der Schall plötzlich von Gipfel zu Gipfel über die ganze Insel, daß es tief in den Bergen widerhallte. Bald darauf sahen sie's hier und da im Walde aufblitzen, bewaffnete Haufen mit hellen Speeren und Schilden brachen in der Ferne aus dem Gebirge wie Waldbäche und schienen alle auf einen Punkt der Küste zuzueilen. Antonio klopfte das Herz bei dem unerwarteten Anblick. Sanchez aber schwenkte seinen Hut in der Morgenluft vor Lust. So rückte die Gesandtschaft unerschrocken fort; die Hütten, die sie seitwärts in der Ferne sahen, schienen verlassen, die Gegend wurde immer höher und wilder. Endlich, um eine Bergesecke biegend, erblickten sie plötzlich das Ziel ihrer Wanderschaft: den senkrechten Fels mit seinen wunderlichen Bogen, Zacken und Spitzen, von Bächen zerrissen, die sich durch die Einsamkeit herabstürzten, dazwischen saßen braune Gestalten, so still, als wären sie selber von Stein, man hörte nichts als das Rauschen der Wasser und jenseits die Brandung im Meere. In demselben Augenblick aber tat es einen durchdringenden Metallklang wie auf einen großen Schild, alle die Gestalten auf den Klippen sprangen plötzlich rasselnd mit ihren Speeren auf, und rasch zwischen dem Waldesrauschen, den Bächen und Zacken stieg ein junger, hoher, schlanker Mann herab mit goldenen Spangen, den königlichen Federmantel um die Schultern und einen bunten Reiherbusch auf dem Haupt ein Goldfasan. Er sprach noch im Herabkommen mit den andern und rief den Spaniern gebieterisch zu. Da aber niemand Antwort gab, blieb er, auf seine Lanze gestützt, vor ihnen stehen.

Alvarez' Perücke schien ihm besonders erstaunlich, er betrachtete sie lange unverwandt, man sah fast nur das Weiße in seinen Augen.

Antonio war ganz konfus, denn zu seinem Schrecken hatte er schon bemerkt, daß er trotz seiner Gelehrsamkeit kein Wort von des Königs Sprache verstand.

Der unverzagte Alvarez aber fragte nach nichts, er ließ die Tragbahre mit dem alten Gerümpel dem Könige vor die Füße setzen, rückte sich auf seinem Esel zurecht und hielt sogleich mit großem Anstande seine wohlverfaßte Anrede, während einige andere hinten feierlich die Zipfel seines Scharlachmantels hielten. Da konnte sich der König endlich nicht länger überwinden, er rührte neugierig mit seinem Speer an Alvarez' Perücke, sie ließ zu seiner Verwunderung und Freude wirklich vom Kopfe des Redners los, und mit leuchtenden Augen zurückgewandt, wies er sie hoch auf der Lanze seinem Volke. Ein wildes Jauchzen erfüllte die Luft, denn ein großer Haufe brauner Gestalten hatte sich unterdes nachgedrängt, Speer an Speer, daß der ganze Berg wie ein ungeheurer Igel anzusehen war.

Der König hatte unterdes gewinkt, einige Wilde traten mit großen Körben heran, der König griff mit beiden Händen hinein und schüttete auf einmal Platten, Körner und ganze Klumpen Goldes auf seine erstaunten Gäste aus, daß es lustig durcheinanderrollte. Da sah man in dem unverhofften Goldregen plötzlich ein Streiten und Jagen unter den Spaniern, jeder wollte alles haben, und je mehr sie lärmten und zankten, je mehr warf der König aus, ein spöttisches Lächeln zuckte um seinen Mund, daß seine weißen Zähne manchmal hervorblitzten wie bei einem Tiger. Währenddes aber schwärmten die Eingeborenen von beiden aus den Schluchten hervor, mit ihren Schilden und Speeren die Raufenden wild umtanzend.

Da war Alvarez der erste, der sich schnell besann. »Ehre über Gold, und Gott über alles!« rief er, seinen Degen ziehend, und stürzte in den dicken Knäuel der Seinigen, um sie mit Gewalt auseinanderzuwirren. »Christen«, schrie er, »wollt ihr euch vom Teufel mit Gold mästen lassen, damit er euch nachher die Hälse umdreht wie Gänsen? Seht ihr nicht, wie er mit seiner Leibgarde den Ring um euch zieht?«»Aber der Teufel hatte sie schon verblendet; um nichts von ihrem Golde zurückzugeben, entflohen sie einzeln vor dem Hauptmann, sich im Walde verlaufend mit den lächerlich vollgepfropften Taschen. Nur einige alte Soldaten sammelten sich um Alvarez und den Leutnant. Die Eingeborenen stutzten, da sie die bewegliche Burg und die Musketen plötzlich zielend auf sich gerichtet sahen, sie schienen den Blitz zu ahnden, der an den dunkeln Röhren hing, sie blieben zaudernd stehen. So entkam der Hauptmann mit seinen Getreuen dem furchtbaren Kreise der Wilden, ehe er sich noch völlig hinter ihnen geschlossen hatte.

In der Eile aber hatte auch dieses Häuflein den ersten besten Pfad eingeschlagen und war, ohne es zu bemerken, immer tiefer in den Wald geraten. Der nahm kein Ende, die Sonne brannte auf die nackten Felsen, und als sie sich endlich senkte, hatten sie sich gänzlich verirrt. Jetzt brach die Nacht herein, ein schweres Gewitter, das lange in der Ferne über dem Meere gespielt, zog über das Gebirge; den armen Antonio hatten sie gleich beim Anbruch der Dunkelheit verloren. So stoben sie wie zerstreute Blätter im Sturme durch die schreckliche Nacht, nur die angeschwollenen Bäche rauschten zornig in der Wildnis, dazwischen das blendende Leuchten der Blitze, das Schreien der Wilden und die Signalschüsse der Verirrten aus der Ferne. sagte Sanchez,»das klingt so hohl unter den Tritten, als ging' ich über mein Grab, und die Wetter breiten sich drüber wie schwarze Bahrtücher, mit feurigen Blumen durchwirkt, das wär ein schönes Soldatengrab!«–»Schweig«, fuhr ihn Alvarez an,»wie kommst du jetzt darauf?«–»Das kommt von dem verdammten Trinken«, entgegnete Sanchez,»da werd ich zuzeiten so melancholisch darnach.« Er sang:

Und wenn es einst dunkelt,
Der Erd' bin ich satt,
Durchs Abendrot funkelt
Eine prächtige Stadt;
Von den goldenen Türmen
Singet der Chor,
Wir aber stürmen
Das himmlische Tor!

»Was ist das!?« rief plötzlich ein Soldat. Sie sahen einen Fremden mit bloßem Schwerte durch die Nacht auf sich zustürzen, sein Mantel flatterte weit im Winde. – Beim Glanz der Blitze erkannten sie ihren wahnsinnigen Landsmann wieder. »Halloh!« rief ihm Sanchez freudig entgegen, »hat dich der Lärm und das Schießen aus deinen Felsenritzen herausgelockt, kannst du das Handwerk nicht lassen?« Der Alte aber, scheu zurückblickend, ergriff hastig die Hand des Leutnants und drängte alle geheimnisvoll und wie in wilder Flucht mit sich fort. »Noch ist es Zeit«, sagte er halbleise, »ich rette euch noch, nur rasch, rasch fort, es brennt, seht, wie die blauen Flämmchen hinter mir aus dem Boden schlagen, wo ich trete!« – »Führ uns ordentlich und red nicht so toll in der verrückten Nacht!« entgegnete Alvarez ärgerlich. Da leuchtete ein Blitz durch des Alten fliegendes Haar. Er blieb stehen und zog die über das Gesicht durch seine weit ausgespreizten Finger. »Grau, alles grau geworden in *einer* Nacht«, sagte er mit schmerzlichem Erstaunen, »aber es könnte noch alles gut werden«, setzte er nach einem Augenblick hinzu, »wenn sie mich nur nicht immer verfolgte.« – »Wo? Wer?« fragte Sanchez. »Die grausilberne Schlange«, erwiderte der Alte heimlich und riß die Erstaunten wieder mit sich durch das Gestein. Plötzlich aber schrie er laut auf: »Da ist sie wieder!« – Alles wandte sich erschrocken um. – Er meinte den Strom, der, soeben tief unter dem Felsen vorüberschießend, im Wetterleuchten heraufblickte. – Ehe sie sich aber noch besannen, flog der Unglückliche schon durch das Dickicht fort, die Haare stiegen ihm vor Entsetzen zu Berge, so war er ihnen bald in der Dunkelheit zwischen den Klüften verschwunden.

Währenddes irrte Antonio verlassen im Gebirge umher. In der Finsternis war er unversehens von den Seinigen abgekommen. Als er's endlich bemerkte, waren sie schon weit; da hörte er plötzlich wieder Tritte unter sich und eilte darauf zu, bis er mit Schrecken gewahr wurde, daß es Eingeborene waren, die hastig und leise, als hätten sie einen heimlichen Anschlag, vorüberstreiften, ohne ihn zu sehen. Ihn schauerte, und doch war's ihm eigentlich recht lieb so. Er dachte übers Meer nach Hause, wie nun alle dort ruhig schliefen und nur die Turmuhr über dem mondbeschienenen Hof schlüge und die Bäume dunkel rauschten im Garten. Wie grauenhaft waren ihm da vom Balkon oft die Wolken vorgekommen, die über das stille Schloß gingen, wie Gebirge im Traum. Und jetzt stand er wirklich mitten in dem Wolkengebirge, so rätselhaft sah hier alles aus in dieser wilden Nacht! »Nur zu, blas nur immer zu, blinder Sturm, glühet, ihr Blitze!« rief er aus und schaute recht zufrieden und tapfer umher, denn alles Große ging durch seine Seele, das er der Schule aus den Büchern gelernt: Julius Cäsar, Brutus, Hannibal und der alte Cid. – Da brannte ihn plötzlich sein Gold in der Tasche, auch er hatte sich nicht enthalten können, in dem Goldregen mit seinem Hütlein einige Körner aufzufangen. – »Frei vom Mammon will ich schreiten auf dem Felde der Wissenschaft«, sagte er und warf voll Verachtung den Goldstaub in den Sturm, es gab kaum einen Dukaten, aber er fühlte sich noch einmal so leicht.

Unterdes war das Gewitter rasch vorübergezogen, der Wind zerstreute die Wolken wie weiße Nachtfalter in wildem Fluge über den ganzen Himmel, nur tief am Horizont noch schweiften die Blitze, die Nacht ruhte ringsher auf den Höhen aus. Da fühlte Antonio erst die tiefe Einsamkeit, verwirrt eilte er auf den verschlungenen Pfaden durch das Labyrinth der Klippen lange fort. Wie erschrak er aber, als er auf einmal in derselben Gegend herauskam, aus der sie am Morgen entflohen. Der Fels des Königs mit seinen seltsamen Schluften und Spitzen stand wieder vor ihm, nur an einem andern Abhange desselben schien er sich zu befinden. Jetzt aber war alles so stumm dort, die Wellen plätscherten einförmig, riesenhaftes Unkraut bedeckte überall wildzerworfenes Gemäuer. – Antonio sah sich zögernd nach allen Seiten um. Schon gestern hatten ihn die Mauertrümmer, die fast wie Leichensteine aus dem Grün hervorragten, rätselhaft verlockt. Jetzt konnte er nicht länger widerstehen, er zog heimlich seine Schreibtafel hervor, um den kostbaren Schatz von Inschriften und Bilderzeichen, die er dort vermutete, wie im Fluge zu erheben.

Da aber wurde er zu seinem Erstaunen erst gewahr, daß er eigentlich mitten in einem Garten stand. Gänge und Beete, mit Buchsbaum eingefaßt, lagen umher, eine Allee führte nach dem Meere hin, die Kirschbäume standen in voller Blüte. Aber die Beete waren verwildert, Rehe weideten auf den einsamen Gängen, an den Bäumen schlangen üppige Ranken wild bis über die Wipfel hinaus, von wunderbaren hohen Blumen durchglüht. Seitwärts standen die Überreste einer verfallenen Mauer, die Sterne schienen durch das leere Fenster, in dem Fensterbogen schlief ein Pfau, den Kopf unter die schimmernden Flügel versteckt.

Antonio wandelte wie im Traum durch die verwilderte Pracht, kein Laut rührte sich in der ganzen Gegend, da war es ihm plötzlich, als sähe er fern am andern Ende der Allee jemand zwischen den Bäumen gehen, er hielt den Atem an und blickte noch einmal lauschend hin, aber es war alles wieder still, es schien nur ein Spiel der wankenden Schatten. Da kam er endlich in eine dunkle Laube, die der Wald sich selber lustig gewoben, das schien ihm so heimlich und sicher, er wollt nur einen Augenblick rasten und streckte sich ins hohe Gras. Ein würziger Duft wehte nach dem Regen vom Walde herüber, die Blätter flüsterten so schläfrig in der leisen Luft, müde sanken ihm die Augen zu.

Die wunderbare Nacht aber sah immerfort in seinen Schlaf hinein und ließ ihn nicht lange ruhen, und als er erwachte, hörte er mit Schrecken neben sich atmen. Er wollte rasch aufspringen, aber zwei Hände hielten ihn am Boden fest. Beim zitternden Mondesflimmer durchs Laub glaubte er eine schlanke Frauengestalt zu erkennen. »Ich wußte es wohl, daß du kommen würdest«, redete sie ihn in spanischer Sprache an. »So bist du eine Christin?« fragte er ganz verwirrt. Sie schwieg. – »Hast du mich denn schon jemals gesehen?« – »Gestern nachts bei unserm Fest«, erwiderte sie, »du warst allein mit eurem Seekönig.« Eine entsetzliche Ahnung flog durch Antonios Seele, er mühte sich in der Finsternis vergeblich, ihre Züge zu erkennen, draußen gingen Wolken wechselnd vorüber, zahllose Johanniswürmchen umkreisten leuchtend den Platz. – Da hörte er

fern von den Höhen einen schönen männlichen Gesang. singt da?«
fragte er erstaunt. »Still, still«, erwiderte die Unbekannte, »laß den
nur in Ruh'. Hier bist du sicher, niemand besucht diesen stillen
Garten mehr, sonst war es anders« – dann sang sie selber wie in
Gedanken:

> Er aber ist gefahren
> Weit übers Meer hinaus,
> Verwildert ist der Garten,
> Verfallen liegt sein Haus.
>
> Doch nachts im Mondenglanze
> Sie manchmal noch erwacht,
> Löst von dem Perlenkranze
> Ihr Haar, das wallt wie Nacht.
>
> So sitzt sie auf den Zinnen,
> Und über ihr Angesicht
> Die Perlen und Tränen rinnen,
> Man unterscheid't sie nicht.

Da teilte ein frischer Wind die Zweige, im hellen Mondlicht erkannte Antonio plötzlich die »Frau Venus« wieder, die sie gestern
nachts schlummernd in der Höhle gesehen, ihre eigenen Locken
wallten wie die Nacht. – Ein Grauen überfiel ihn, er merkte erst
jetzt, daß er unter glühenden Mohnblumen wie begraben lag.
Schauernd sprang er empor und schüttelte sich ab, sie wollte ihn
halten, aber er riß sich von ihr los. Da tat sie einen durchdringenden
Schrei, daß es ihm durch Mark und Bein ging, dann hörte er sie in
herzzerreißender Angst rufen, schelten und rührend flehen.

Aber er war schon weit fort, der Gesang auf den Höhen war verhallt, die Wälder rauschten ihm wieder erfrischend entgegen, hinter
ihm versank allmählich das schöne Weib, das Meer und der Garten,
nur zuweilen noch hörte er ihre wie das Schluchzen einer Nachtigall von ferne durch den Wind herüberklingen.

> Du sollst mich doch nicht fangen,
> Duftschwüle Zaubernacht!
> Es stehn mit goldnem Prangen

Die Stern' auf stiller Wacht
Und machen überm Grunde,
Wo du verirret bist,
Getreu die alte Runde,
Gelobt sei Jesus Christ!

Wie bald in allen Bäumen
Geht nun die Morgenluft,
Sie schütteln sich in Träumen,
Und durch den roten Duft
Eine fromme Lerche steiget,
Wenn alles still noch ist,
Den rechten Weg dir zeiget –
Gelobt sei Jesus Christ!

So sang es im Gebirge, unten aber standen zwei spanische Soldaten fast betroffen unter den Bäumen, denn es war ihnen, als ginge ein Engel singend über die Berge, um den Morgen anzubrechen. Da stieg ein Wanderer rasch zwischen den Klippen herab, sie erkannten zu ihrer großen Freude den Studenten Antonio, er schien bleich und verstört.»Gott sei Dank, daß Ihr wieder bei uns seid!« rief ihm der eine Soldat entgegen.»Ihr hättet uns beinah konfus gemacht mit Eurem Gloria«, meinte der andere,»Ihr habt eine gute geistliche Kehle. Wo kommt Ihr her?« –»Aus einem tiefen Bergwerke«, sagte Antonio,»wo mich der falsche Flimmer verlockt – wie so unschuldig ist hier draußen die Nacht!« –»Bergwerk? Wo habt Ihr's fragten die Soldaten mit hastiger Neugier.»Wie, sprach ich von einem Bergwerk?« erwiderte Antonio zerstreut,»wo sind wir denn?« Die Soldaten zeigten über den Wald, dort läge ihr Landungsplatz. Sie erzählten ihm nun, wie die zersprengte Gesandtschaft unter großen Mühseligkeiten endlich wieder das Lager am Strande erreicht. Da habe der brave Alvarez, da er den Antonio dort nicht gefunden, sie beide zurückgeschickt, um ihn aufzusuchen, und wenn sie jeden Stein umkehren und jede Palme schütteln sollten. Antonio schien wenig darauf zu hören. Die Soldaten aber meinten, es sei diese Nacht nicht geheuer im Gebirge, sie nahmen daher den verträumten Studenten ohne weiteres in ihre Mitte und schritten rasch mit ihm fort.

So waren sie in kurzer Zeit bei ihren Zelten angelangt. Dort stand Alvarez wie ein Wetterhahn auf dem frisch aufgeworfenen Erdwall, vor Ungeduld sich nach allen Winden drehend. Er schimpfte schon von weitem, da er endlich den Verirrten ankommen sah. »Ein Weltentdecker«, sagte er, »muß den Kompaß in den Füßen haben, in der Wildnis bläst der Sturm die Studierlampe aus, da schlägt ein kluger Kopf sich Funken aus den eigenen Augen. Was da Logik und Rhetorik! Sie hätten deinen Kopf aufgefressen mit allen Wissenschaften drin, aber ich hatt's ihnen zugeschworen, sie mußten zum Nachtisch alle unsere bleiernen Pillen schlucken oder meine eignen alten Knochen nachwürgen. Du bist wohl recht verängstigt und müde, armer Junge, Gott, wie du aussiehst!« Nun ergriff er den Studenten vor Freuden beim Kopf, strich ihm die vollen braunen Locken aus der Stirn und führte ihn eilig ins Lager in sein eignes Zelt, wo er sich sogleich auf eine Matte hinstrecken mußte. Im Lager aber war schon ein tiefes Schweigen, die müden Gesellen lagen schlafend wie Tote umher. Nur der Leutnant Sanchez wollte diese Nacht nicht mehr schlafen noch er saß auf den zusammengelegten Waffen der Mannschaft; eine Flasche in der Hand, trank er auf eine fröhliche Auferstehung, der Nachtwind spielte mit der roten Hahnfeder auf seinem Hut, der ihm verwegen auf einem Ohr saß; er war wahrhaftig schon wieder berauscht. Antonio mußte nun seine Abenteuer erzählen. Er berichtete verworren und zerstreut, in seinem Haar hing noch eine Traumblume aus dem Garten. Alvarez blieb dabei, das Frauenzimmer sei die Frau Venus gewesen und jene Höhle, die sie in der Walpurgisnacht entdeckt, der Eingang zum Venusberge. Sanchez aber rückte immer näher, während er hastig ein Glas nach dem andern hinunterstürzte; er fragte wunderlich nach der Lage der Höhle, nach dem Wege dahin, sie mußten ihm alles ausführlich beschreiben. – Auf einmal war er heimlich verschwunden.

Der Abenteurer schlich sich sacht und vorsichtig durch die schläfrigen Posten, über dem Gespräch hatte ihn plötzlich das Gelüsten angewandelt, den dunklen Vorhang der phantastischen Nacht zu lüften – er wollte die Frau Venus besuchen. Er hatte sich Felsen, Schlünde und Stege aus Alvarez' Rede wohl gemerkt, es traf alles wunderbar zu. So kam er in kurzer Zeit an das stille Tal. Ein schmaler Felsenpfad führte fast unkenntlich zwischen dem Gestrüpp hinab, die Sterne schienen hell über den Klippen, er stieg im trunkenen Übermut in den Abgrund. Da brach plötzlich ein Reh neben ihm durch das Dickicht, er zog schnell seinen Degen. »Hoho, Ziegenbock!« rief er, »hast du die Hexe abgeworfen, die zu meiner Hochzeit ritt! Das ist eine bleiche, schläfrige Zeit zwischen Morgen und Nacht, da schauern die Toten und schlüpfen in ihre Gräber, daß man die Leichentücher durchs Laub streichen hört. Wo sich eine verspätet beim Tanz, ich greif sie, sie soll meine Brautjungfer sein. – Zum Teufel, red vernehmlicher, Waldeinsamkeit! Ich kenn ja dein Lied aus alter Zeit, wenn wir auf Freite in Flandern nachts an den Wällen lagen vor mancher schönen Stadt, die von den schlanken Türmen mit ihrem Glockenspiele durch die Luft musizierte. Die Sterne löschen schon aus, wer weiß, wer sie wiedersieht! – Nur leise, sacht zwischen den Werken, in den Laufgräben fort! Die Wolken wandern, die Wächter schlafen auf den Wällen, in ihre grauen Mäntel gehüllt, sie tun, als wären sie von Stein. – Verfluchtes Grauen, ich seh dich nicht, was hauchst du mich so kalt an, ich ringe mit dir auf der Felsenwand, du bringst mich nicht hinunter!«

Jetzt stand er auf einmal vor der Kluft, die Alvarez und Antonio in jener Nacht gesehen. Es war die erste geheimnisvolle Morgenzeit, in dem ungewissen Zwielicht erblickte er die junge schlanke Frauengestalt, ganz wie sie ihm beschrieben worden, auf dem Moosbett in ihrem Schmucke schlummernd, den schönen Leib von ihren Locken verdeckt. Alte, halb verwitterte Fahnen, wie es schien, hingen an der Wand umher, der Wind spielte mit den Lappen, hinten in der Dämmerung, den Kopf vornübergebeugt, saß es wie eine eingeschlafene Gestalt.

»Es ist die höchste Zeit«, flüsterte Sanchez ganz verblendet, »sonst versinkt alles wieder, schon hör ich Stimmen gehn. Wie oft schon sah ich im Wein ihr Bild, das war so schön und wild in des Bechers Grund. Einen Kuß auf ihren Mund, so sind wir getraut, eh der Morgen graut.« So taumelte der Trunkene nach der Schlummernden hin, er fuhr schauernd zusammen, als er sie anfaßte, ihre Hand war eiskalt. Im Gehen aber hatte er sich mit den Sporen in die Trümmer am Boden verwickelt, eine Rüstung an der Wand stürzte rasselnd zusammen, die alten Fahnen flatterten im Wind, bei dem Dämmerschein war's ihm, als rührte sich alles und dunkle Arme wänden sich aus der Felswand. Da sah er plötzlich im Hintergrunde den schlafenden Wächter sich aufrichten, daß ihn innerlich grauste. An irren funkelnden Blick glaubte er den alten wahnsinnigen Spanier wiederzuerkennen, der warf, ohne ein Wort zu sagen, seinen weiten Mantel über die Schultern zurück, ergriff das neben ihm stehende Schwert und drang mit solcher entsetzlichen Gewalt auf ihn ein, daß Sanchez kaum Zeit hatte, seine wütenden Streiche aufzufangen. Bei dem Klange ihrer Schwerter aber fuhren große scheußliche Fledermäuse aus den Felsenritzen und durchkreisten mit leisem Fluge die Luft, graue Nebelstreifen dehnten und reckten sich wie Drachenleiber verschlafen an den Wipfeln, dazwischen wurden Stimmen im Walde wach, bald hier, bald dort, eine weckte die andre, aus allen Löchern, Hecken und Klüften stieg und kroch es auf einmal, wilde dunkle Gestalten im Waffenschmuck, und alles stürzte auf Sanchez zusammen. »Nun, nun, steht's so!?« rief der verzweifelte Leutnant, »laß mich los, alter Narr mit deinem verwitterten Bart! Das ist keine Kunst, so viele über einen. Schickt mir euern Meister selber her, es gelüstet mich recht, mit ihm zu fechten! Aber der Teufel hat keine Ehre im Leibe. Ihr höllisches Ungeziefer, nur immer heraus vor meine christliche Klinge! Nur immer zu, ich hau mich durch!« So, den Degen in der Faust, wich er, wie ein gehetztes Wild, kämpfend von Stein zu Stein, das einsame Felsental hallte von den Tritten und Waffen, im Osten hatte der Morgen schon wie ein lustiger Kriegsknecht die Blutfahne ausgehangen.

Im Lager flackerten unterdes nur noch wenige Wachtfeuer, halb erlöschend, eine Gestalt nach der andern streckte sich in der Morgenkühle, einige saßen schon wach auf ihrem Mammon und besprachen das künftige Regiment der Insel. Plötzlich riefen draußen die Schildwachen an, sie hatten Lärm im Gebirge gehört. Jetzt vermißte man erst den Leutnant. Alles sprang bestürzt zu den Waffen, keiner wußte, was das bedeuten könnte. Der Lärm aber, als so voller Erwartung standen, ging über die Berge wie ein Sturm wachsend immer näher, man konnte schon deutlich dazwischen das Klirren der Waffen unterscheiden. Da, im falben Zwielicht, sahen sie auf einmal den Sanchez droben aus dem Walde dahersteigen, bleich und verstört, mit den Geistern fechtend. Hinter ihm drein aber toste eine wilde Meute, es war, als ob aller Spuk der Nacht seiner blutigen Fährte folgte. Sein Frevel, wie es schien, hatte das dunkle Wetter, das schon seit gestern grollend über den Fremden hing, plötzlich gewendet, von allen Höhen stürzten bewaffnete Scharen wie reißende Ströme herab, der Klang der Schilde, das Schreien und der Widerhall zwischen den Felsen verwirrte die Stille, und bald sahen sich die Spanier von allen Seiten umzingelt. »Macht dem Leutnant Luft!« rief Alvarez und warf sich mit einigen Soldaten mitten in den dicksten Haufen. Schon hatten sie den Sanchez gefaßt und führten den Wankenden auf einen freien Platz am Meer, aber zu spät, von vielen Pfeilen durchbohrt, brach er neben seinen Kameraden auf dem Rasen zusammen – sein Wort war gelöst, er hatte sich wacker durchgeschlagen.

Bei diesem Anblick ergriff alle eine unsägliche Wut, keiner dachte mehr an sich im Schmerz, sie mähten sich wie die Todesengel in die dunkeln Scharen hinein, Alvarez und Antonio immer tapfer voran. Da erblickten sie auf einmal ihren wahnsinnigen Landsmann, mitten durch das Getümmel mit dem Schwert auf sie eindringend. Vergebens riefen sie ihm warnend zu – er stürzte sich selbst in ihre Speere, ein freudiges Leuchten ging über sein verstörtes Gesicht, daß sie ihn fast nicht wiedererkannten, dann sahen sie ihn taumeln und mit durchbohrtem Herzen tot zu Boden sinken. – Ein entsetzliches Rachegeschrei erhob sich über dem Toten, die Wilden erneuerten mit verdoppeltem Grimm ihren Angriff, es war, als stünden die Erschlagenen ihnen wieder auf, immer neue scheußliche Gestalten wuchsen aus dem Blut, schon rannten sie jauchzend nach dem Strand, um die Spanier von ihrem Schiffe abzuschneiden. Jetzt war die Not am höchsten, ein jeder befahl sich Gott, die Spanier fochten nicht mehr für ihr Leben, nur um einen ehrlichen Soldatentod. – Da ging es auf einmal wie ein Schauder durch die unabsehliche feindliche Schar, alle Augen waren starr nach dem Gebirge zurückgewandt. Auch Antonio und Alvarez standen ganz verwirrt mitten in der blutigen Arbeit. Denn zwischen den Palmenwipfeln in ihrem leuchtenden Totenschmucke kam die Frau Venus, die wilden Horden teilend, von den Felsen herab. Da stürzten plötzlich die Eingeborenen wie in Anbetung auf ihr Angesicht zur Erde, die Spanier atmeten tief auf, es war auf einmal so still, daß man die Wälder von den Höhen rauschen hörte.

Indem sie aber noch so staunend stehn, tritt die Wunderbare mitten unter sie, ergreift Sanchez' Mantel, den sie seltsam um ihren Leib schlägt, und befiehlt ihnen, sich rasch in das Boot zu werfen, ehe der Zauber gelöst. Darauf umschlingt sie Antonio, halb drängt, halb trägt sie ihn ins Boot hinein, die andern, ganz verdutzt, bringen eiligst Sanchez' Leichnam nach, alles stürzt in die Barke. So gleiten sie schweigend dahin, schon erheben sich einzelne Gestalten wieder am Ufer, ein leises Murmeln geht wachsend durch die ganze furchtbare Menge, da haben sie glücklich ihr Schiff erreicht. Dort aber faßt die Unbekannte sogleich das Steuer, die stille See spiegelt ihr wunderschönes Bild, ein frischer Wind vom Lande schwellt die Segel, und als die Sonne aufgeht, lenkt sie getrost zwischen den Klippen in den Glanz hinaus.

Die Spanier wußten nicht, wie ihnen geschehen. Als sie sich vom ersten Schreck erholt, gedachten sie erst ihrer wieder, die sie auf der Insel zurückgelassen. Da fuhren sie denn wieder so arm und lumpig von dannen, wie sie gekommen. »Der Teufel hat's gegeben, der Teufel hat's genommen«, sagte der spruchreiche Alvarez verdrießlich. Darüber aber hatten sie den armen Sanchez fast vergessen, der auf dem Verdeck unter einer Fahne ruhte. Alvarez beschloß nun, vor allem andern ihm die letzte Ehre anzutun, wie es einem tapfern Seemann gebührte. Er berief sogleich die ganze Schiffsmannschaft, die einen stillen Kreis um den Toten bildete, dann trat er in die Mitte, um die Leichenrede zu halten. »Seht da den gewesenen Leutnant«, sagte er, »nehmt euch ein Exempel dran, die ihr immer meint, Unkraut verdürb' nicht. Ja, da seht ihn liegen, er war tapfer, oftmals betrunken, aber tapfer –«, weiter bracht er's nicht, denn die Stimme brach ihm plötzlich, und Tränen stürzten ihm aus den Augen, als er den treuen Kumpan so bleich und still im lustigen Morgenrot daliegen sah. Einige Matrosen hatten ihn unterdes in ein Segeltuch gewickelt, andere schwenkten die Flaggen über ihm auf eine gute Fahrt auf dem großen Meere der Ewigkeit – dann ließen sie ihn an Seilen über Bord ins feuchte Grab hinunter. »So ist denn«, sagte Alvarez, »sein Leiblied wahr geworden: ›Ein Meerweib singt, die Nacht ist lau, da denkt an mich, 's ist meine Frau.‹ Man soll den Teufel nicht an die Wand malen.« Kaum aber hatte der Tote unten die kalte See berührt, als er auf einmal in seinem Segeltuch mit großer Vehemenz zu arbeiten anfing. »Ihr Narren, ihr«, schimpfte er, »was, Wein soll das sein? Elendes Wasser ist's.« Die Matrosen hätten vor Schreck beinah Strick und Mann fallen lassen, aber Alvarez und Antonio sprangen rasch hinzu und zogen voller Freuden den Ungestümen wieder über Bord hinauf. Hier drängten sich nun die Überraschten von allen Seiten um ihn herum, und während die einen seine Wunden untersuchten und verbanden, andere ihre Hüte in die Luft warfen, glotzte der unsterbliche Leutnant alle mit seinen hervorstehenden Augen stumm und verwogen an, bis sein Blick endlich die wunderbare Führerin des Schiffes traf. Da schrie er plötzlich auf: »Die ist's! Ich selber sah sie in den Klüften auf dem Moosbett schlafen!«

Aller Augen wandten sich nun von neuem auf die schöne Fremde, die, auf das Steuer gelehnt, gedankenvoll nach der fernen Küste hinübersah. Keiner traute ihr, Antonio aber erkannte bei dem hellen Tageslicht das Mädchen aus dem wüsten Garten wieder. Da faßte Alvarez sich ein Herz, trat vor und fragte sie, wer sie eigentlich wäre. –»Alma«, war ihre Antwort. – Warum sie zu ihnen gekommen? –»Weil sie euch erschlagen wollten«, erwiderte sie in ihrem gebrochenen Spanisch. – Ob sie mit ihnen fahren und ihm als Page dienen wolle? – Nein, sie wolle dem Antonio dienen. – Woher sie denn aber Spanisch gelernt? – Vom Alonzo, den sie erstochen hätten. »Den tollen Alten«, fiel hier Sanchez hastig ein, »wer war er, und wie kam er zu dir?« – »Ich weiß nicht«, entgegnete Alma. »Kurz und gut«, hob Alvarez wieder an, »war die Frau Venus auf Walpurgisnacht auf eurer Insel? Oder bist du gar selber die Frau Venus? Habt ihr beide – wollt' sagen: du oder die Frau Venus – dazumal in der Felsenkammer geschlafen?« Sie schüttelte verneinend den Kopf. »Nun, so mag der Teufel daraus klug werden! Ich will mich heute gar nicht mehr wundern, Frau Venus, Urgande, Megära, das kommt und geht so«, rief der Hauptmann ungeduldig aus und benannte das Eiland, dessen blaue Gipfel soeben im Morgenduft versanken, ohne weiteres die Venusinsel, von der Frau Venus, die nicht da war.

Die darauffolgende Nacht war schön und sternklar, die »Fortuna« mit ihren weißen Segeln glitt wie ein Schwan die mondlichte Stille. Da trat Antonio leise auf das Verdeck hinaus, er hatte keine Rast und Ruh, es war ihm, als müßte er die schöne Fremde bewachen, die sorglos unten ruhte. Wie erstaunte er aber, als er das Mädchen droben schon wach und ganz allein erblickte, es war alles so einsam in der Runde, nur manchmal schnalzte ein Fisch im Meer, sie aber saß auf dem Boden mitten zwischen wunderlichem Kram, ein Spiegel, Kämme, ein Tamburin und Kleidungsstücke lagen verworren um sie her. Sie kam ihm wie eine Meerfee vor, die, bei Nacht aus der Flut gestiegen, sich heimlich putzt, wenn alle schlafen. Er blieb scheu zwischen dem Tauwerk stehen, wo sie ihn nicht bemerken konnte. Da sah er, wie sie nun einzelne Kleidungsstücke flimmernd gegen den Mond hielt, er erkannte seinen eignen Sonntagsstaat, den er ihr gestern gezeigt: die gestickte Feldbinde, das rotsamtne weißgestickte Wämschen. Sie zog es eilig an; Antonio war schlank und fein gebaut, es paßte ihr alles wie angegossen. Darauf legte sie den blendend weißen Spitzenkragen um Hals und Brust und drückte das Barett mit den nickenden Federn auf das Lockenköpfchen. Als sie fertig war, sprang sie auf, sie schien sich über sich selbst zu verwundern, so schön sah sie aus. Da stieß sie unversehens mit den Sporen an das Tamburin am Boden. Sie ergriff es rasch, und den tönenden Reif hoch über sich schwingend, fing sie mit leuchtenden Augen zu tanzen an, fremd und doch zierlich, und sang dazu:

Bin ein Feuer hell, das lodert
Von dem grünen Felsenkranz,
Seewind ist mein Buhl' und fodert
Mich zum lust'gen Wirbeltanz,
Kommt und wechselt unbeständig.
Steigend wild,
Neigend mild,
schlanken Lohen wend ich,
Komm nicht nah mir, ich verbrenn dich!

Wo die wilden Bäche rauschen
Und die hohen Palmen stehn,
Wenn die Jäger heimlich lauschen,
Viele Rehe einsam gehn.
Bin ein Reh, flieg durch die Trümmer
Über die Höh',
Wo im Schnee
Still die letzten Gipfel schimmern,

Folg mir nicht, erjagst mich nimmer!

Bin ein Vöglein in den Lüften,
Schwing mich übers blaue Meer,
Durch die Wolken von den Klüften
Fliegt kein Pfeil mehr bis hierher,
Und die Au'n und Felsenbogen,
Waldeseinsamkeit
Weit, wie weit,
Sind versunken in die Wogen –
Ach, ich habe mich verflogen!

Bei diesen Worten warf sie sich auf den Boden nieder, daß das Tamburin erklang, und weinte. – Da trat Antonio rasch hinzu, sie fuhr empor und wollte entfliehen. Als sie aber seine Stimme über sich hörte, lauschte sie hoch auf, strich mit beiden Händen die aufgelösten Locken von den verweinten Augen und sah ihn lächelnd an.

Antonio, wie geblendet, setzte sich zu ihr an den Bord und pries ihren wunderbaren Tanz. Sie antwortete kein Wort darauf, sie war erschrocken und in Verwirrung. Endlich sagte sie schüchtern und leise: sie könne nicht schlafen vor Freude, es sei ihr so licht im Herzen. – ›Geradeso mir's auch‹, dachte er und schaute sie noch immer ganz versunken an. Da fiel ihm eine goldene Kette auf, die aus ihrem Wämschen blinkte. Sie bemerkte es und verbarg sie eilig. Antonio stutzte. »Von wem hast du das kostbare Angedenken?« fragte er. »Von Alonzo«, erwiderte sie zögernd. »Wunderbar«, fuhr er fort, »gesteh es nur, du weißt es ja doch, wer der Alte war und wie er übers Meer gekommen. Und du selbst – wir sahn dich schlummern in der Kluft beim Fackeltanz, und dann an jenem blutigroten Morgen warf sich das Volk erschrocken vor dir hin – wer bist du?« Sie schwieg mit tiefgesenkten Augen, und wie er so fortredend in sie drang, brach endlich ein Strom von Tränen unter den langen schwarzen Wimpern hervor. »Ach, ich kann ja nicht dafür!« rief sie aus und bat ihn ängstlich und flehentlich, er sollt es nicht verlangen, sie könnt es ihm nicht sagen, sonst würde er böse sein und sie verjagen. – Antonio sah sie verwundert an, sie war so schön, er reichte ihr die Hand. Als sie ihn so freundlich sah, rückte sie näher und plauderte so vertraulich, als wären sie jahrelang schon beisammen.

Sie erzählte von der Nacht auf dem Gebirge, wo sie ihn beim flüchtigen Fackelschein zum ersten Mal gesehn, wie sie dann traurig gewesen, als er damals im Garten sie so schnell verließ, sie meinte, die Wilden würden ihn erschlagen.

Antonio aber war's bei dem Ton ihrer Stimme, als hörte er zur Frühlingszeit die erste Nachtigall in seines Vaters Garten. Die Sterne schienen so glänzend, die Wellen zitterten unter ihnen im Mondenschein, nur von ferne kühlte sich die Luft mit Blitzen, bis endlich Alma vor Schlaf nicht mehr weiterkonnte und müde ihr Köpfchen senkte.

Auch Antonio war zuletzt eingeschlummert. Da träumte ihm von dem schönen verwilderten Garten, es war, als wollt ihm der Vogel in dem ausgebrochenen Fensterbogen im Schlaf von Diego erzählen, der unter den glühenden sich verirrt. Und als er so, noch halb im Traume, die Augen aufschlug, flog schon ein kühler Morgenwind kräuselnd über die See, er blickte erschrocken umher, da hörte er wieder die Frau Venus neben sich atmen wie damals, und von fern stiegen die Zacken und Felsen der Insel allmählich im Morgengrauen wieder empor, dazwischen glaubte er wirklich den Vogel im Gebirge singen zu hören. Jetzt ruft es auch plötzlich: »Land!« aus dem Mastkorb; verschlafene Matrosen erheben sich, im Innern des Schiffs beginnt ein seltsames Murmeln und Regen. Nun fährt Alma verwirrt aus dem Schlafe empor. Da sie die Wälder, Felsen und Palmen sieht, springt sie voller Entsetzen auf und wirft einen dunklen, tödlichen Blick auf Antonio. »Du hast mich verraten, ihr wollt mich bei den Meinigen heimlich wieder aussetzen!« ruft sie aus und schwingt sich behende auf den Bord des Schiffes, um sich ins Meer zu stürzen. Aber Antonio faßte sie schnell um den Leib, sie stutzte und sah ihn erstaunt mit ungewissen Blicken an. Unterdes war auch Alvarez auf dem Verdeck erschienen. »Still, still«, rief er den Leuten zu, »nur sacht, eh sie uns drüben merken!« Er ließ die Anker werfen, das Boot wurde leise und geräuschlos heruntergelassen, die Berge und Klüfte breiteten sich immer mächtiger in der Dämmerung aus. Da zweifelte Antonio selbst nicht länger, daß es auf Alma abgesehen. Ganz außer sich schwang er die arme Verratene auf seinen linken Arm, zog mit der rechten seinen Degen und rief vortretend mit lauter Stimme: es sei schändlich, treulos und undankbar, das Mädchen wider ihren Willen wieder auf die Insel zu setzen, von der sie alle eben erst mit Gefahr ihres Lebens gerettet. Aber er wolle sie bis zu seinem letzten Atemzuge verteidigen und mit ihr stehn oder fallen, wie ein Baum mit seiner Blüte!

Zu seiner Verwunderung erfolgte auf diese tapfere Anrede ein schallendes Gelächter.»Was Teufel machst du für ein Geschrei, verliebter Baccalaureus!« sagte Alvarez,»wir wollen hier geschwind, eh etwa noch die Wilden erwachen, frisches Wasser holen von den unverhofften Bergen, du siehst ja doch, 's ist ein ganz anderes Land!« Nun sah es Antonio freilich auch, freudig und beschämt, denn die Morgenlichter spielten schon über den unbekannten Gipfeln. Alma aber hatte ihn fest umschlungen und bedeckte ihn mit glühenden Küssen. – Die Sonne vergoldete soeben Himmel, Meer und Berge, und in dem Glanze trug Antonio sein Liebchen hurtig in das Boot, das nun durch die Morgenstille nach dem fremden Lande hinüberglitt.

Alma war die erste, die ans Land sprang, wie ein Kind lief sie erstaunt und neugierig umher. Es blitzte noch alles vom Tau, Menschen waren nirgends zu sehen, nur einzelne Vögel sangen hie und da in der Frische des Morgens. Die praktischen Seeleute hatten indes gar bald eine Quelle, Kokos- und Brotbäume in Menge entdeckt, es ärgerte sie nur, daß die liebe Gottesgabe nicht auch schon gebacken war.

Alvarez aber, da heute eben ein Sonntag traf, beschloß, auf dem gesegneten Eilande einige Tage zu rasten, um das Schiff und die Verwundeten und Kranken wieder völlig instand zu setzen. Währendes waren mehrere auf den nächsten Gipfel gestiegen und erblickten überrascht jenseits des Gebirges eine weite, lachende Landschaft. Auf ihr Geschrei kam auch der Hauptmann mit Antonio und Alma herbei.»Das ist ja wie in Spanien«, sagte Alvarez erfreut,»hier möcht ich ausruhn, wenn's einmal Abend wird und die alten Segel dem Sturme nicht mehr halten.« Sie konnten der Versuchung nicht widerstehen, die Gegend näher zu betrachten, sie wanderten weiter den Berg hinunter und kamen bald in ein schönes grünes Tal. Auf dem letzten Abhänge aber hielten sie plötzlich erschrocken still: ein Kreuz stand dort unter zwei schattigen Linden. Da knieten sie alle schweigend nieder, Alma sah sie verwundert an, dann sank auch sie auf ihre Knie in der tiefen Sonntagsstille, es war, als zöge ein Engel über sie dahin.

Als sie sich vom Gebet wieder erhoben, bemerkten sie erst einen zierlichen Garten unter dem Kreuz, den die Bäume von oben verdeckt hatten. Voll Erstaunen sahen sie sehr sorgfältig gehaltene Blumenbeete, Gänge und Spaliere, die Bienen summten in den Wipfeln, die in voller Blüte standen, aber der Gärtner war nirgends zu finden. – Da schrie Alma auf einmal erschrocken auf, als hätte sie auf eine Schlange getreten, sie hatte menschliche Fußtapfen auf dem tauigen Rasen entdeckt. »Den wollen wir wohl erwischen«, rief Alvarez, und die Wanderer folgten sogleich begierig der frischen Spur. Sie ging jenseits auf die Berge, sie glaubten den Abdruck von Schuhen zu erkennen. Unverdrossen stiegen sie nun zwischen den Felsen das Gebirge hinan, aber bald war die Fährte unter Steinen und Unkraut verschwunden, bald erschien sie wieder deutlich im Gras; so führte sie immer höher und höher hinauf und verlor sich zuletzt auf den obersten Zacken wie in den Himmel. »Ist heut Sonntag, der Gärtner ist wohl der liebe Gott selber«, sagte Alvarez, betroffen in der Wildnis umherschauend.

In dieser Zeit aber war die Sonne schon hoch gestiegen und brannte sengend auf die Klippen, sie mußten die weitere Nachforschung für jetzt aufgeben und kehrten endlich mit vieler Mühe wieder zu den Ihrigen am Strande zurück. Als sie dort ihr Abenteuer erzählten, wollte alles sogleich in das neuentdeckte Tal stürzen. Aber Alvarez schlug klirrend an seinen Schwertgriff und verbot feierlich allen und jedem, das stille Revier nicht anders als unter seinem eignen Kommando zu betreten. Denn, sagte er, das sei keine Soldatenspelunke, um dort Karten zu spielen, da stecke was Absonderliches dahinter. – Vergebens zerbrachen sie sich nun die Köpfe, was es mit dem Garten für ein Bewenden habe, denn ein Haus war nirgends zu sehen, und so viel hatten sie schon von den Bergen bemerkt, daß das Land eine, wie es schien, unbewohnte Insel von sehr geringem Umfange war. Man beschloß endlich, sich hier an der Küste ein wenig einzurichten und am folgenden Tage gleich in der frühesten Morgenkühle die Untersuchung gemeinschaftlich fortzusetzen.

Unterdes hatten die Zimmerleute schon ihre Werkstatt am Meere aufgeschlagen, rings hämmerte und klapperte es lustig, einige schweiften mit ihren Gewehren umher, andere flickten die Segel im Schatten der überhängenden Felsen, während fremde Vögel über ihnen bei dem ungewohnten Lärm ihre bunten Hälse neugierig aus dem Dickicht streckten.

Mit dem herannahenden Abend versammelte sich nach und nach alles wieder unter den Felsen, die Jäger kehrten von den Bergen zurück und warfen ihre Beute auf den Rasen, da lag viel fremdes Getier umher, die Schützen an ihren Gewehren müde daneben. Indem kam ein Soldat, der sich auf der Jagd verspätet, ganz erschrocken aus dem Walde und sagte aus, er sei hinter einem schönen scheuen Vogel weit von hier zwischen die höchsten Felsen geraten, und als er eben auf den Vogel angelegt, habe er plötzlich in der Wildnis ein riesengroßes Heiligenbild auf einer Klippe erblickt, daß ihm die Büchse aus der Hand gesunken. Die ersten Abendsterne am Firmament hätten das Haupt des Bildes wie ein Heiligenschein umgeben, darauf habe es auf einmal sich bewegt und sei langsam wie ein Nebelstreif mitten durch den Fels gegangen, er habe es aber nicht wiedergesehen und vor Grauen kaum den Rückweg gefunden. – »Das ist der Gärtner, den wir heut früh schon suchten«, Alvarez, hastig aufspringend. Dabei traute er nun doch dem unschuldigen Aussehn der Insel nicht und beschloß, noch in dieser Stunde selber auf Kundschaft auszugehen, damit sie nicht etwa mitten in der Nacht unversehens überfallen würden. Das war dem abenteuerlichen Sanchez eben recht, auch Antonio und Alma erboten sich tapfer, den Hauptmann zu begleiten.

Alvarez stellte nun eilig einzelne Posten auf die nächsten Höhen aus, wer von ihnen den ersten Schuß im Gebirge hörte, sollte antworten, und auf dieses Signal die ganze Mannschaft nachkommen. Darauf bewaffnete er sorgfältig sich und seine Begleiter, auch Alma mußte einen Hirschfänger umschnallen, jeder steckte aus Vorsicht noch ein Windlicht zu sich, der Soldat aber, der die seltsame Nachricht gebracht, mußte voran auf demselben Wege, den er gekommen; so zog das kleine Häuflein munter in das wachsende Dunkel hinein.

Schon waren die Stimmen unter ihnen nach und nach verhallt, nur manchmal leuchtete das Wachtfeuer noch durch die Wipfel, die Gegend wurde immer kühler und öder. Alma war recht zu Hause hier, sie sprang wie ein Reh von Klippe zu Klippe und half lachend dem steifen Alvarez, wenn ihm vor einem Sprunge graute. Der Soldat vorn aber schwor, daß sie nun schon bald in der Gegend sein müßten, wo er das Bild gesehen. Darüber wurde Sanchez ganz ungeduldig. »Heraus, Nachteule, aus deinem Felsennest!« rief er aus und feuerte schnell sein Gewehr in die Luft ab. Die nahe hohe Felsenwand brach den Schall und warf ihn nach der See zurück, es blieb alles totenstill im Gebirge. – Da glaubten sie plötzlich eine Glocke in der Ferne zu hören, die Luft kam von den Bergen, sie unterschieden immer deutlicher den Klang. Ganz verwirrt blieben nun alle lauschend stehen, über ihnen aber brach der Mond durch die Wolken und beleuchtete die unbekannten und Klüfte, als sie auf einmal eine schöne tiefe Stimme in ihrer Landessprache singen hörten:

Komm, Trost der Welt, du stille Nacht!
Wie steigst du von den Bergen sacht,
Die Lüfte alle schlafen,
Ein Schiffer nur noch, wandermüd,
Singt übers Meer sein Abendlied
Zu Gottes Lob im Hafen.

Die Jahre wie die Wolken gehn
Und lassen mich hier einsam stehn,
Die Welt hat mich vergessen,
Da tratst du wunderbar zu mir,
Wenn ich beim Waldesrauschen hier
In stiller Nacht gesessen.

O Trost der Welt, du stille Nacht!
Der Tag hat mich so müd gemacht,
Das weite Meer schon dunkelt,
Laß ausruhn mich von Lust und Not,
Bis daß das ew'ge Morgenrot
Den stillen Wald durchfunkelt.

Die Wanderer horchten noch immer voll Erstaunen, als der Gesang schon lange wieder in dem Gewölk verhallt war, das soeben vor ihnen mit leisem Fluge die Wipfel streifte. Alvarez erholte sich zuerst. »Still, still«, sagte er, »nur sachte mir nach, vielleicht überraschen wir ihn.« Sie schlichen nun durch das Dickicht leise und vorsichtig immer tiefer in den feuchten Nebel hinein, niemand wagte zu atmen – als plötzlich der vorderste mit großem Geschrei auf einen Fremden stieß, jetzt schrie wieder einer und noch einer auf, manchmal klang es wie Waffengerassel von Überwacht und aufgeregt wie sie waren, zog jeder sogleich seinen Degen. Indem sahen sie auch schon mehrere halbkenntlich zwischen den Klippen herandringen, die unerschrockenen Abenteurer stürzten blind auf sie ein, da klirrte Schwert an Schwert im Dunkeln, immer neue Gestalten füllten den Platz, als wüchse das Gezücht aus dem Boden nach. – In diesem Getümmel bemerkte niemand, wie ein fernes Licht, immer näher und näher, das Laub streifte, auf einmal brach der Widerschein durch die Zweige, den Kampfplatz scharf beleuchtend, und die Fechtenden standen plötzlich ganz verblüfft vor altbekannten Gesichtern – denn die vermeintlichen Wilden waren niemand anders als ihre Kameraden von unten, die verabredetermaßen auf Sanchez' Schuß zu Hülfe gekommen.

»Da ist er!« schrie plötzlich der Soldat, der vorhin den Alvarez heraufgeführt. Alle wandten sich erschrocken um: ein schöner riesenhafter Greis mit langem weißen Bart, in rauhe Felle gekleidet, eine brennende Fackel in der Hand, stand vor ihnen und warf dem Sanchez die Fackel an den Kopf, daß ihn die Funken knisternd umsprühten. »Ruhe da!« rief er; »was treibt euch, hier die Nacht mit wüstem Lärm zu brechen, das wilde Meer murrt nur von fern am Fuß der Felsen, und alle blinde Elemente hielten Frieden hier seit dreißig Jahren in schöner Eintracht der Natur, und die ersten Christen, die ich wiedersehe, bringen Krieg, Empörung, Mord.«

Hier erblickte er Alma, deren Gesicht von der Fackel hell beleuchtet war, da wurde er auf einmal still. – Die erstaunten Gesellen standen scheu im Kreise, sie hielten ihn insgeheim für einen wundertätigen Magier. Diese Pause benutzte Alvarez und trat, seinen Degen einsteckend, einige Schritte vor. »Ihr sollt nicht glauben«, sagte er, »daß wir loses Gesindel seien, das da ermangelt, einem frommen Waldbruder die gebührende Reverenz zu erweisen; mit dem Lärm das war nur so eine kleine Konfusion.« Der Einsiedler aber schien nicht darauf zu hören, er sah noch immer Alma an, dann, wie in Gedanken in dem Kreise umherschauend, fragte er, woher sie kämen. – Das wußte nun Alvarez selber nicht recht und berichtete kurz und verworren von der Frau Venus, von Händeln mit den Wilden, von einem prächtigen Reich, das sie entdeckt, aber wieder verloren. Der Alte betrachtete unterdes noch einmal alle in die Runde. Nach kurzem Schweigen sagte er darauf: es sei schon dunkle Nacht und seine Klause liege weit von hier, auch habe er oben nicht Raum für so viele unerwartete Gäste, am folgenden Tage aber wollte er sie mit allem, dessen sie zur Reise bedürften, aus dem Überfluß versehen, womit ihn Gott gesegnet. Der Hauptmann solle jetzt die Seinen zum Ankerplatz zurückführen und morgen, wenn sie die Frühglocke hörten, mit wenigen Begleitern wiederkommen.

Die Wanderer sahen einander zögernd an, sie hätten lieber noch heut den Waldbruder beim Wort genommen. Aber in seinem strengen Wesen war etwas Unüberwindliches, das zugleich Gehorsam und Vertrauen erweckte. Er selbst ergriff rasch die Fackel, an der die andern ihre Windlichter anzünden mußten, und zeigte ihnen, voranschreitend, einen von Zweigen verdeckten Felsenweg, der unmittelbar zum Strande führte. Als sie nach kurzem Gange zwischen den Bäumen heraustraten, sahen sie schon das Meer wieder heraufleuchten, tief unter ihnen riefen die zurückgebliebenen Wachen einander von ferne an. »Mein Gott«, sagte der Einsiedler fast betroffen, »das habe ich lange nicht gehört, es ist doch ein herrlich Ding um die Jugend.« Dann grüßt' er alle noch einmal und wandte sich schnell in die Finsternis zurück. Unten aber erschraken die Wachen, da sie ein Licht nach dem andern aus den Klüften steigen und durch die Nacht schweifen sahen, als kämen die verstörten Gebirgsgeister den stillen Wald herab.

folgende Tag graute noch kaum, da fuhr Alma schon von ihrem bunten Teppich auf, sie hatte vor Freude auf die bevorstehende Fahrt die ganze Nacht nur leise geschlummert und immerfort von dem Gebirge und dem Einsiedler geträumt. Erstaunt sah sie sich nach allen Seiten um, Antonio lag zu ihren Füßen im Gras. Es war noch alles still, die Wachtfeuer flackerten erlöschend im Zwielicht.

Da überfiel Alma ein seltsames Grauen in der einsamen Fremde, sie könnt es nicht lassen, sie stieß Antonio leis und zögernd an. Der verträumte Student richtete sich schnell auf und sah ihr in die klaren Augen. Sie aber wies aufhorchend nach dem Gebirge. Da hörte er hoch über ihnen auch schon die Morgenglocke des Einsiedlers durch die Luft herüberklingen, und bei dem Klange fuhren die Langschläfer an den Feuern, einer nach dem andern, empor. Jetzt trat auch Alvarez schon völlig bewaffnet aus dem Zelte und teilte mit lauter Stimme seine Befehle für den kommenden Tag aus. Sanchez sollte heute das Kommando am Strande führen, er mochte ihn nicht wieder auf die Berge mitnehmen, da er ihm überall unverhofften Lärm und Verwirrung anrichtete. Bald wimmelte es nun wieder bunt über den ganzen Platz, und ehe noch die Sonne sich über dem Meere erhob, brach der Hauptmann schon, nur von Alma und Antonio begleitet, zu dem Waldbruder auf.

Alma hatte sich alle Stege von gestern wohl gemerkt und kletterte munter voraus. Antonio trug mühsam ein großes, dickes Buch unter dem Arme, in welchem er mit jugendlicher Wißbegierde und Selbstzufriedenheit merkwürdige Pflanzen aufzutrocknen und zu beschreiben pflegte. Alma meinte, er mache Heu für den Schiffsesel, und brachte ihm Disteln und anderes nichtswürdiges Unkraut in Menge. Das verdroß ihn sehr, er suchte ihr in aller Geschwindigkeit einen kurzen Begriff von dem Nutzen der Wissenschaft beizubringen. Aber sie lachte ihn aus und steckte sich die frischen Blumen auf den Hut, daß sie selbst wie die Gebirgsflora anzusehen war. – Auf einmal starrten alle überrascht in die Höh'. Denn fern auf einem Felsen, der die andern Gipfel überschaute, trat plötzlich der Einsiedler mitten ins Morgenrot, als wär er ganz von Feuer; er schien die Wanderer kaum zu bemerken, so versunken war er in den Anblick des Schiffs, das unten ungeduldig wie ein mutiges Roß auf den Wellen tanzte. Jetzt fiel es dem Alvarez erst aufs Herz, daß er ein verkleidetes Mädchen zu dem frommen Manne mit heraufbringen wolle. Er bestand daher ungeachtet Antonios Fürbitten darauf, daß Alma zurückkehren und ihre Wiederkehr unten erwarten sollte. Sie war betroffen und traurig darüber; als sie aber endlich die Skrupel des Hauptmanns begriff, schien sie schnell einen heimlichen Anschlag zu fassen, sah sich noch einmal genau die Gegend an und sprang dann, ohne ein Wort zu sagen, wieder nach dem Lagerplatze hinab.

Unterdes hatte der Einsiedler oben die Ankommenden gewahrt und wies ihnen durch Zeichen den nächsten Pfad zu dem Gipfel, wo er sie mit großer Freude willkommen hieß. »Laßt uns die Morgenkühle noch benutzen«, sagte er dann nach kurzer Rast und führte seine Gäste sogleich weiter zwischen die Berggipfel hinein. Sie gingen lange an Klüften und rauschenden Bächen vorüber, sie erstaunten, wie rüstig ihr Führer voranschritt. So waren sie auf einem hochgelegenen freien Platze angekommen, der nach der Gegend, wo das Schiff vor Anker lag, von höhern Felsen und Wipfeln ganz verschattet war; von der andern Seite aber sah man weit in die fruchtbaren Täler hinaus, während zu ihren Füßen der Garten heraufduftete, den sie schon gestern zufällig entdeckt hatten. »Das ist mein Haus«, sagte der Einsiedler und zeigte auf eine Felsenhalle im Hintergrund. Die Morgensonne schien heiter durch die offene Tür und beleuchtete einfaches Hausgerät und ein Kreuz an der Wand, unter dem ein schönes Schwert hing. Die Ermüdeten mußten sich nun auf die Rasenbank vor der Klause lagern, der Einsiedler aber brachte zu ihrer Verwunderung Weinflaschen und köstliches Obst, schenkte die Gläser voll und trank auf den Ruhm Altspaniens. Unterdes hatte der Morgen ringsum alles vergoldet und funkelte lustig in den Gläsern und Waffen, ein Reh weidete neben ihnen, und schöne, bunte Vögel flatterten von den Zweigen und naschten vertraulich mit von dem Frühstück der Fremden.

Hier saßen sie lange zusammen in der erfrischenden Kühle. Der Einsiedler erkundigte sich nach ihrem gemeinschaftlichen Vaterlande, aber er sprach von so alten Zeiten und Begebenheiten, daß ihm fast nur Antonio aus seinen Schulbüchern noch Bescheid zu geben wußte. Da sie ihn aber so heiter sahen, drangen sie endlich in ihn, ihnen seinen eigenen Lebenslauf und wie er auf diese Insel gekommen, ausführlich zu erzählen. Da besann er sich einen Augenblick. »Es ist mir alles nur noch wie ein Traum«, sagte er darauf, »die fröhlichen Gesellen meiner Jugend, die sich daran ergötzen könnten, sind lange tot, andere Geschlechter gehen unbekümmert über ihre Gräber, und ich stehe zwischen den Leichensteinen allein wie in tiefem Abendrote. Doch sei es drum, ich schwieg so lange Zeit, daß mir das Herz recht aufgeht bei den heimatlichen Lauten;

ich will euch von allem treulich Kunde geben, vielleicht erinnert sich doch noch jemand meiner, wenn ihr's zu Hause wiedererzählt.« So rückten sie denn im Grünen näher zusammen, und der Alte hub folgendermaßen an:

Geschichte des Einsiedlers

Die letzte Macht der Mohren war zertrümmert, die Zeit war alt und die Waffen verklungen, unsere Burgen standen über wallenden Kornfeldern, das Gras wuchs auf den Zinnen, da blickte mancher vom Walle übers Meer und sehnte sich nach einer neuen Welt. Ich war damals noch jung, vor meiner Seele dämmerte bei Tag und Nacht ein wunderbares Reich mit blühenden Inseln und goldenen Türmen aus den Fluten herauf – so rüstete ich freudig ein Schiff aus, um es zu erobern.

Was soll ich euch von den ersten Wochen der Fahrt erzählen, von den vorüberfliegenden Küsten, von der Meereseinsamkeit und den weitgestirnten prächtigen Nächten, ihr kennt's ja so gut wie ich. Es sind jetzt gerade dreißig Jahre, es war des Königs Namenstag, wir fuhren auf offner unbekannter See. Ich hatte zur Gedächtnisfeier des Tages ein Fest auf dem Verdeck bereitet, die Tische waren gedeckt, wir saßen unter bunten Fahnen in der milden Luft, einige sangen spanische Lieder zur Zither, glänzende Fische spielten neben dem Schiff, ein frischer Wind schwellte die Segel. Da, indem wir so der fernen Heimat gedachten, sahen wir auf einmal verflogene Paradiesvögel über uns durch die klaren Lüfte schweifen, alle hießen's für die Verheißung eines nahen Landes. »Und was für ein Land muß das sein«, rief ich aufspringend, »wo der Wind solche Blüten herüberweht!« Wir hofften alle, das wunderbare Eldorado zu entdecken. Aber mein Leutnant, ein junger, stiller und finsterer Mann, entgegnete in seiner melancholischen Weise, das Eldorado liege auf dem großen Meere der Ewigkeit, es sei töricht, es unter den Wolken zu suchen. – Das verdroß mich. Ich schenkte rasch mein Glas voll. »Wer's hier nicht sucht, der findet's nimmer«, rief ich, »durch! und wenn's am Monde hinge.« Aber wie ich anstieß, sprang mein Glas mitten entzwei, mir graute – da riefs auf einmal vom Mastkorbe: »Land!«

Alles fuhr nun freudig erschrocken auf, wir waren fern von allen bekannten Küsten, es mußte ein ganz fremdes sein. Wir sahen erst nur einen Nebelstreif, dann allmählich wuchs und dehnte sich's wie ein Wolkengebirge. Unterdes aber kam der Abend, die Luft dunkelte schläfrig und verdeckte alles wieder. – Wir gingen nun so nah am Strand als möglich vor Anker, um mit Tagesanbruch zu landen.

O der schönen, erwartungsvollen Nacht! Es war so still, daß wir die Wälder von der Küste rauschen hörten, ein köstlicher Duft von Kräutern wehte herüber, im Walde sang ein Vogel mit fremdem Schalle, manchmal trat der Mond plötzlich hervor und beleuchtete flüchtig wunderbare Gipfel und Klüfte.

Als endlich der Morgen anbrach, standen wir schon alle wanderfertig auf dem Verdecke vor dem blitzenden Eilande. Ich werde den Anblick niemals vergessen – mir war's, als schlüge die strenge Schöne, die ich oft im Traume gesehen, ihre Schleier zurück und ich sah ihr auf einmal in die wilden dunklen Augen. – Wir landeten nun und richteten uns fröhlich am Fuß des Gebirges ein, ich aber machte sogleich mit mehreren Begleitern einen Streifzug ins Land. Wir fanden alles wild und schön, fremde Tiere flogen scheu vor uns in das Dickicht, weiterhin stießen wir auf ein Dorf in einem fruchtbaren Felsentale, die Schmetterlinge flatterten friedlich in den blühenden Bäumen, aber die Hütten waren leer und alles so still in der Einsamkeit zwischen den Klüften und Wasserfällen, als wäre der Morgen der Engel des Herrn, der die Menschen aus dem Paradiese gejagt und nun zürnend mit dem Flammenschwerte auf den Bergen stände.

Als ich zurückkehrte, ließ ich der Vorsicht wegen einige Feldschlangen vom Schiffe bringen und unsern Lagerplatz verschanzen, da ich beschlossen hatte, das Land genau zu durchforschen. So war die Nacht herangekommen. Ich hatte wenig Ruh' vor schweren seltsamen Träumen, und als ich das eine Mal aufwachte, war unser Wachtfeuer fast ausgebrannt, es konnte nicht mehr weit vom Tage sein. Ich begab mich daher zu den äußersten Posten, die ich am Abend ausgestellt, die waren sehr erfreut, mich zu sehen, denn sie hatten die ganze Nacht über eine wunderliche Unruhe im Gebirge bemerkt, ohne erraten zu können, was es gäbe. Ich legte mich mit dem Ohr an den Boden, da war's zu meinem Erstaunen, als vernähm ich den schweren Marsch bewaffneter Scharen in der Ferne. Manchmal erschallte es weit in den Bäumen wie Nachtgeflügel, das aufgeschreckt durch die Zweige bricht, dann war alles wieder still. Indem ich aber noch so lauschte, hör ich auf einmal ein Flüstern dicht neben mir im Dunkeln. Ich trat einige Schritte zurück, meine Jagdtasche war mit Feuerwerk wohl versehen, ich warf schnell eine Leuchtkugel nach dem Gebirge hinaus. Da bot sich uns plötzlich der wunderbarste Anblick dar: bei dem hellen Widerschein sahen wir einen furchtbaren Kreis bewaffneter dunkler Gestalten, lauernd an die Palmen gelehnt, hinter Steinen im Dickicht, Kopf an Kopf bis tief in den finstern Wald hinein. Alle Augen folgten dem feurigen Streif der Leuchtkugel, und als sie prasselnd in der Luft zerplatzte, richteten sich mehrere auf und betrachteten erstaunt die funkelnden Sterne, die im Niedersinken die Wipfel vergoldeten. Unterdes waren auf das Feuerzeichen die Unsrigen, die auf meinen Befehl bekleidet und mit den Waffen geruht hatten, erschreckt und noch halb verschlafen herbeigeeilt. Als nun die Wilden das Wirren und ängstliche Hinundherlaufen bemerkten, sprangen sie plötzlich aus ihrem Hinterhalt, ein Hagel von Speeren und Steinen flog hinter ihnen drein, ich hatte kaum Zeit, die Meinigen zu ordnen. Ich ließ fürs erste nur blind feuern, die Eingeborenen stutzten, da sie sich aber alle unversehrt fühlten, lachten sie wild und griffen nun um so wütender an. Eine zweite scharfe Ladung empfing die Verwegenen, wir sahen einige von ihnen getroffen sinken, die aber gewahrten es nicht und drängten immer unaufhaltsamer über die Gefallenen vor. Mehrere von den Unsrigen wollten unterdes mitten in dem Getümmel ein Weib mit fliegendem Haar gesehen haben, die wie ein Würgengel unter ihren eigenen Leuten die Zurückweichenden mit ihrem Speer durchbohrte, es entstand ein dumpfes, scheues Gemurmel von einer schönen wilden Zauberin, die Meinigen fingen an zu wanken. Jetzt zauderte ich nicht länger, ich befahl, unsere Feldschlange loszubrennen, der Schuß weckte einen anhaltenden, furchtbaren Widerhall zwischen den Bergen und riß eine breite Lücke in den dichtesten Haufen der Wilden. Das entschied den Kampf; wie vor einer unbegreiflichen übermenschlichen Gewalt standen sie eine Zeit lang regungslos, dann wandte sich auf einmal die ganze Schar mit durchdringendem Geheul, durch den Pulverdampf sahen wir sie ihre Toten und Verwundeten auf dem Rücken eilig fortschleppen, und in wenigen Minuten war alles zwischen dem Unkraut und den Felsenritzen wie ein Nachtspuk in der Morgendämmerung verschlüpft, die nun allmählich wachsend das Gebirge erhellte.

Wir standen noch ganz verwirrt wie nach einem unerhörten Traume. Ich ließ darauf die Verwundeten zurückbringen und sammelte die Frischesten und Kühnsten, um den Saum des Waldes von dem Gesindel völlig zu säubern. So schritten wir eben vorsichtig in die Berge hinein, als plötzlich auf einem Felsen über uns zwischen den Wipfeln eine hohe, schlanke Mädchengestalt von so ausnehmender Schönheit erschien, daß alle, die auf sie zielten, ihre Arme sinken ließen. Sie war in ein buntgeflecktes Pantherfell gekleidet, das von einem funkelnden Gürtel über den Hüften zusammengehalten wurde, mit Bogen und Köcher, wie die heidnische Göttin Diana. Sie redete uns furchtlos und, wie es schien, zürnend an, aber keiner verstand die Sprache, der Klang ihrer Stimme verhallte in den Lüften, bis sie endlich selbst zwischen den Bäumen wieder verschwand.

Mein Leutnant insbesondere war von der wunderbaren Erscheinung ganz verwirrt. Er pflegte sonst nicht viel Worte zu machen, jetzt aber funkelten seine Augen, ich hatte ihn noch nie so heftig gesehn. Er nannte das Mädchen eine teuflische Hexe, man müsse sie tot oder lebendig fangen und verbrennen, er selbst erbot sich, sogleich Jagd auf sie zu machen. Ich verwies ihm seine unsinnige Rede. Wir brauchten, sagte ich, vor allem einige Tage Ruh' und frische Lebensmittel, dazu müßten wir jetzt Frieden halten mit den Eingebornen. Der Leutnant aber war bei seinem stillen Wesen leicht zum Zorne zu reizen, er hieß mich selber des Teufels Zuhalter und verschwor sich, wenn ihm keiner beistehn wollte, das christliche Werk allein zu vollbringen. Und mit diesen Worten stieg er eilig das Gebirge hinan, ehe wir ihn zurückhalten konnten. Vergebens riefen wir ihm warnend, bittend und drohend nach, ich selbst durchschweifte mit vielen andern furchtlos die nächsten Berge, es sah ihn niemand wieder.

Dieses ganz unerwartete Ereignis machte mir große Sorge, denn entweder wandte der Unglückliche durch sein Unternehmen das kaum vorübergezogene Ungewitter von neuem auf uns zurück, oder ich verlor, was wahrscheinlicher war, einen redlichen und tapfern Offizier. Das letzte schien leider zutreffen zu wollen, denn unsere Nachforschungen blieben ohne Erfolg, mehrere Tage waren seitdem vergangen, meine Leute gaben ihn schon auf. Da beschloß ich endlich, mir um jeden Preis Gewißheit über sein Schicksal zu verschaffen. Ich ließ unser Lager abbrechen, lichtete die Anker und segelte, mich immer möglichst dicht zum Lande haltend, weiter an der Küste herab.

Wir fuhren nun abwechselnd an wilden und lachenden Gestaden vorüber, aber wo wir auch ans Land stiegen, wir's verlassen, die Eingeborenen flohen scheu vor uns in die Wälder, von dem Leutnant war keine Spur zu entdecken. – So hatten wir uns einmal beim ersten Morgengrauen in einem von Bergen umgebenen Tale gelagert, das mir besonders anmutig und reich bevölkert schien, wie ich aus den vielen Stimmen abnahm, die wir nachts von der Küste gehört hatten. Ich ließ unsern Lagerplatz sogleich mit Zweigen eines Baumes bestecken, von dem ich wußte, daß er in diesen Weltgegenden als Zeichen des Friedens und der Freundschaft angesehen wird, flatternde Bänder und bunte Teppiche wurden ringsum an Stangen ausgehängt, unsere Spielleute mußten dazu musizieren, das klang gar lustig in der Einsamkeit, die nun schon von der schönsten Morgenröte nach und nach erhellt wurde. Ich hatte mich in meiner Erwartung auch nicht getäuscht, denn es währte nicht lange, so erschienen einzelne Wilde neugierig hie und da wie Raben an den Klippen, jetzt erkannten wir auch im steigenden Morgen die Gegend ringsumher, fruchtbare Gründe, Wasserfälle und wunderbar gezackte Felsen, die wie Burgen über den Wäldern hingen.

Bald darauf aber sahen wir es fern am Saum des Waldes in der Morgensonne schimmern. Ein unübersehbarer Zug von Wilden bewegte sich jetzt unter den Bäumen die nachtkühlen Schlüfte herab, voran schwärmten hohe schlanke Burschen über den beglänzten Wiesengrund, die gewandt ihre blinkenden Speere in die Luft warfen und wieder auffingen. So im künstlichen Kampfspiel bald sich verschlingend, bald wieder auseinanderfliegend, nahten sie sich langsam unserm Lager, dazwischen sang der Zug dahinter ein rauhes, aber gewaltiges Lied, und sooft sie schwiegen, gaben andere von den Bergen Antwort.

Ich wußte nicht, was ich von dem seltsamen Beginnen halten sollte. Mir war aber alles daran gelegen, mit ihnen in ein friedliches Verständnis zu kommen. Ich hieß daher Leute die Feldschlange laden und sich kampffertig halten, während ich selber allein den Ankommenden entgegenging, das grüne Reis hoch über meinem Hute schwenkend. Da gewahrte ich an der Spitze des Zuges mehrere schöne junge Männer in kriegerischem Schmuck, die über ihren Köpfen breite Schilde wie ein glänzendes Dach emporhielten. Auf diesen aber erblickte ich zu meinem Erstaunen das Wundermädchen wieder, das wir damals auf dem Felsen gesehn. Mit dem schlanken Pantherleib, zu beiden Seiten von den langen dunklen Locken umwallt, ruhte sie in ihrer strengen Schönheit wie eine furchtbare Sphinx auf den Schilden.

Kaum aber hatte sie mich erblickt, als sie sich rasch von ihrem Sitze schwang und auf mich zueilte, die turnierenden Burschen stoben zu beiden Seiten auseinander und senkten ehrerbietig die Lanzen vor ihr – es war die Königin des Landes.

Sie trat, während die andern in einem weiten Halbkreise zurückblieben, mitten unter uns mit einem Anstande, der uns alle erstaunen machte, und betrachtete mich, als den vermeintlichen König der Fremden, lange Zeit mit ernsten Blicken. Ich ließ ihr einen bunten Teppich zum Sitze über den Rasen breiten und überreichte ihr dann ein Geschenk von Glaskorallen, Tüchern und Bändern. Sie nahm alles wie einen schuldigen Tribut an, ohne sich jedoch, nach einem flüchtigen Blick darauf, weiter darum zu bekümmern, ihre Seele schien von ganz andern Gedanken erfüllt. Unterdes war auch ihr Gefolge nach und nach vertraulicher geworden. Einzelne näherten sich den Unsrigen, einer von ihnen benutzte die Verwirrung, rollte schnell einen Teppich auf und entfloh damit nach dem Walde. Die Königin bemerkte es, rasch aufspringend zog sie einen Pfeil aus ihrem Köcher und durchbohrte den Fliehenden, daß er tot ins Gras stürzte; da hing die ganze Schar wie dunkle Wolke wieder unbeweglich am Saume des Waldes.

Mir graute, sie aber wandte sich von neuem zu uns, ihre Blicke spielten umher, sie schien etwas mit den Augen zu suchen. Endlich erblickte sie's: es war unsere Feldschlange. Sie betrachtete sie mit großer Aufmerksamkeit, auf ihr Begehren mußte ich sie wenden und losbrennen lassen. Bei dem Knall stürzten die Eingebornen zu Boden, das Mädchen schauerte kaum und stand wie eine Zauberin in dem ringelnden Dampf. Dann aber flog sie pfeilschnell nach der Gegend, wohin der Schuß gefallen. Ich folgte ihr, denn es schien mir ratsam, ihr die unwiderstehliche Gewalt unseres Geschützes begreiflich zu machen. Es war ein abgelegener Ort tief im Walde, wo die Kugel einen Baum zerschmettert hatte; Stamm, Krone und Äste lagen zerrissen umher, wie vom Blitz gespalten. – Als sich die Königin von der furchtbaren Wirkung des Schusses überzeugt hatte, wurde sie ganz nachdenklich und traurig; wie vernichtet setzte sie sich auf den Rasen hin. So saß sie lange stumm, ich hatte sie noch nicht so nah gesehn, nun fesselte mich ihre Schönheit, und ganz verwirrt und geblendet drückte ich flüchtig ihre Hand. Da wandte sie fast betroffen ihr Gesicht nach mir herum und sprang dann plötzlich wild auf, daß ich zusammenschrak. Sie eilte nach unserm Lagerplatz zurück, dort hatte sie, eh ich's noch hindern konnte, unsere Schiffsfahne ergriffen und schwenkte sie hoch in der Luft, uns alle auf ihre Berge einladend. Ich hatte kaum noch Zeit genug, die nötigen Wachen am Strande anzuordnen, denn sie flog schon mit dem weißen flatternden Banner voran. Von Zeit zu Zeit, während wir vorsichtig folgten, erschien sie über den Wipfeln auf überhängenden Felsen, daß uns grauste, und sooft sie oben sichtbar wurde, jauchzten die Eingebornen ihr zu, und ihre Hörner schmetterten dazwischen, daß es weit im Gebirg widerhallte.

übergehe hier unsern Empfang und ersten Aufenthalt auf diesen Felsen, die scheue Gastfreundschaft der Wilden, unser Lagern über den Klüften, die herrlichen Morgen und die wunderbaren Nächte – es ist mir von allem nur noch das Bild der Königin in der Seele zurückgeblieben. Denn sie selber war wie das Gebirge, in launenhaftem Wechsel bald scharf gezackt, bald sammetgrün, jetzt hell und blühend bis in die fernsten tiefsten Grund, dann alles wieder grauenhaft verdunkelt. Wie oft stand ich damals auf den Bergen und schaute in das blaue Meer! Den Leutnant hatte ich lange aufgegeben, der Wind wehte günstig, alles war zur Abfahrt bereit – und doch mußte ich mich immer wieder zurückwenden in jene wildschöne Einsamkeit.

In dieser Zeit schweifte ich oft mit der Königin auf der Jagd umher. Auf einem solchen Streifzuge war ich eines Tages weit von ihr abgekommen. Vergebens rief ich ihren Namen, die Täler unten ruhten schwül, nur der Widerhall gab Antwort zwischen den Felsen. Auf einmal erblickte ich sie fern im Walde, es war, als ginge jemand unter den Bäumen eilig von ihr fort. Als ich aber hinaufkam, war alles wieder still; dann aber hörte ich sie singen über mir, eine so wunderbare Melodie, daß es mir die Seele wandte. So verlockte sie mich immer weiter in die Wildnis, ihr Lied war auch verklungen, kein Vogel sang mehr in dieser unwirtlichen Höhe – da, wie ich mich einmal plötzlich wende, steht sie auf einer Klippe in der Waldesstille, den Bogen lauernd auf mich angelegt. – Ich starrte sie erschrocken an, sie aber lachte und ließ den Bogen sinken, zwischen den Wasserfällen im Widerschein der Abendlichter zu mir herabsteigend. – Es war eine öde Gebirgsebene hoch über allen Wäldern, der Abend dunkelte schon. Sie setzte sich zu mir ins Gras, mir graute, denn um ihren Hals bemerkte ich eine Perlenschnur von Zähnen erschlagener Feinde. Und wandte ich keinen Blick von ihr, gleichwie man gern in ein Gewitter schaut. So lag ich, den Kopf in meine Hand gestützt, ganz in den Anblick ihrer wunderbaren Erscheinung versunken. Da sie's aber gewahrte, wandte sie sich plötzlich von mir, schwenkte aufspringend ihren Jagdspeer über sich und sang ein seltsames Lied, es waren in unserer Sprache etwa folgende Worte:

> Bin ein Feuer hell, das lodert
> Von dem grünen Felsenkranz,
> Seewind ist mein Buhl' und fodert
> Mich zum lust'gen Wirbeltanz,
> Kommt und wechselt unbeständig.
> Steigend wild,
> Neigend mild,
> Meine schlanken Lohen wend ich,
> Komm nicht nah mir, ich verbrenn dich!

Bei diesen Worten versank Antonio in Nachsinnen, es war offenbar dasselbe Lied, das damals Alma tanzend auf dem Schiffe gesungen. Er mochte aber jetzt den Einsiedler nicht unterbrechen, der in seiner Erzählung folgendermaßen fortfuhr:

Dieser Abend gab den Ausschlag. Damals tat ich einen heimlichen Schwur, mich selber für die Königin zu opfern. Ich gelobte, Europa zu entsagen für immer, um sie und ihr Volk zum Christentum zu bekehren und dann mit ihr das Eiland zu regieren zu Gottes Ehre. – Ich Tor, ich bildete mir ein, den Himmel zu erobern, und meinte doch nur das schöne Weib! Mein Plan war bald gemacht. Erst mußt ich sichern Boden haben unter mir. Unter meinen Leuten befanden sich geschickte Werkmeister aller Art; Holz, Steine und was zum Bauen nötig, lag verworren umher, ich ließ rasch zugreifen und auf dem Vorgebirg, welches das ganze beherrschte, eine feste Burg errichten zu Schutz und Trutz und pflanzte einen Garten daneben nach unserer Weise.

Nur wenigen von den Meinen hatte ich das eigentliche Vorhaben angedeutet, die andern blendete das Gold, das überall verlockend durch den grünen Teppich der Insel schimmerte. Die Königin wußte nicht, wie ihr geschah, erst wollte sie's hindern, dann stutzte sie und staunte, und während sie noch so zögernd sann und schwankte, wuchsen die Hallen und Bogen und Lauben ihr schon über dem Haupt zusammen, und alles schoß üppig auf und rauschte und blühte, als sollt es ein ewiger Frühling sein.

Dazumal an einem Sonntage besichtigte ich das neue Werk, meine Leute waren lustig im Grünen zerstreut, ich hatte Wein unter sie verteilen lassen, denn morgen sollten die Kanonen vom Schiff auf die Mauern gebracht und die Burg feierlich eingeweiht werden. Ich ging durch den einsamen Hof und freute mich, wie die jungen Weinranken überall an den Pfeilern und Wänden hinaufkletterten. Es war ein schwüler Nachmittag, die Bäume flüsterten so seltsam über die Mauer, die Arbeit ruhte weit und breit, nur manchmal schlüpfte eine bunte Schlange durch das Gras, während einzelne Wolken träg und müßig über die Gegend hinzogen. Draußen aber schillerte der junge Garten im Sonnenglanze, wie mit offenen Augen schlafend, als wollt er mir im Träum etwas sagen. Ich trat hinaus und streckte mich endlich ermattet vor dem Tor unter die blühenden Bäume, wo mich die Bienen gar bald in Schlummer summten. – So mochte ich lange geschlafen haben, als ich plötzlich Stimmen zu hören glaubte.

Ich bog die Zweige auseinander und erblickte wirklich mehrere Eingeborene im Burghof, sie strichen, heimlich und scheu umherschauend, an den Mauern hin, ich erkannte die Häuptlinge der Insel an ihrem Schmuck. Im Augenblick glaubte ich, es gelte mir, aber sie konnten mich nicht bemerken. Zu meinem Entsetzen aber gewahre ich nun auch unsern Leutnant mitten unter ihnen mit verworrenem Bart, bleich und verwildert wie ein Gespenst, er redet geläufig ihre Mundart, sie sprechen leise und lebhaft untereinander. Darauf alles auf einmal wieder totenstill – da erblickte ich die Königin am jenseitigen Tor in ihrem Pantherkleid mit dem Bogen, ganz wie ich sie zum ersten Mal gesehen. Sie macht mit ihrem Pfeile wunderliche

Zeichen in die Luft, und plötzlich, schnell und lautlos, ist alles wieder zerstoben. – Ich rieb mir die Augen, die ganze Erscheinung war mir wie ein Spuk.

Als ich mich ein wenig besonnen, sprang ich hastig auf, da ich aber an den Bergrand trat, stand schon der Abend dunkelrot über der Insel, aus dem Waldgrunde unter mir hörte ich die Meinigen singen. Ich eilte sogleich nach der Gegend des Gebirges hin, wo die Königin mit den Häuptlingen verschwunden war. Da sah ich jemand fern unter den Bäumen sich ungewiß bewegen, bald rasch vortretend, bald wieder zögernd und unschlüssig zurückkehrend. Auf einmal kam er wie rasend auf mich hergestürzt – es war der Leutnant. »Fort, fort!« schrie er, »die Nacht bricht schon herein, laßt alles stehn, werft euch auf euer Schiff und flieht, nur fort!« Mir flog eine schreckliche Ahnung durch die Seele. »Überläufer!« rief ich, meinen Degen ziehend, »du hast uns verraten, das Kainszeichen brennt dir blutrot an der Stirn!« – »Wo, wo brennt's?« entgegnete er erschrocken, sich wild nach allen Seiten umsehend. »Aus deinen Augen lodert es versengend«, sagte ich. »Das ist nicht wahr«, erwiderte er, »im Walde brennt's unter meinen Füßen, in meinem Haar, in meinen Eingeweiden brennt's!« Und mit diesen Worten ergriff er sein Schwert und drang verzweifelt auf mich ein. »Hier, Aug in Aug, sieh nicht so scheu hinweg!« rief ich ihm zu. Ich weiß täuschte mich die Dämmerung, aber mir war's, als bot er recht mit Herzenslust die entblößte Brust oft wehrlos meiner Degenspitze – mir graute, ihn zu morden.

Da, während wir so fechten, tritt auf einmal die Königin aus dem Walde und mitten zwischen uns. Der Leutnant, da er sie erblickt, taumelt wie geblendet einige Schritte zurück. Dann seinen Degen plötzlich zu ihren Füßen niederwerfend, ruft er aus: »Da nimm's, ich *kann* nicht!« Und in demselben Augenblick bricht er zusammen, auf den Boden schlagend. – Die Königin aber neigte sich über ihn und nannte ihn beim Namen so lieblich mit dem wunderbaren Klange ihrer Stimme, daß er verwirrt den Kopf erhob und lauschte. Da setzte sie mutwillig ihren Fuß auf seinen Nacken; »geh nur, geh«, sagte sie, und ein spöttisches Lächeln flog um ihren Mund. Und zu meinem Erstaunen raffte nun der Leutnant, seinen Degen fassend, sich rasch wieder empor, seine Augen funkelten irr über die hohe Gestalt, die er, ich sah's wohl, tödlich haßte und rasend liebte, er konnte meinen Blick nicht ertragen, seine Kleider waren mit Blut bespritzt von einer leichten Wunde am Arm, aber er bemerkte es nicht. So stürzte er von neuem fort in den Wald, und ein blutiger Streif bezeichnete seine Spur im Grase.

Nun wandte sich die Königin wieder zu mir, ich fragte sie, wo der Leutnant so lange gewesen. Sie schien zerstreut und gab verworren Antwort. Drauf fragte ich, wohin sie ginge. – »Auf den Anstand«, entgegnete sie lachend, »der Wind weht vom Gebirge, da wechselt das Wild, es gibt heut ein lustiges Jagen!« Jetzt traten wir droben aus dem Gestrüppe, da sah ich tief unter uns meine gesamte Mannschaft, in buntem Gemisch mit vielen Eingebornen um Becher und Würfelspiel gelagert. Von der einen Seite ragte meine halbfertige Burg über die Wipfel, die dunkelte schon, Vögel schwärmten kreischend um die Mauern. – hatte keine Ruh', es trieb mich zu den Meinen, die Königin führte mich auf dem nächsten Wege hinab. Sie lauschte oft in die Ferne, da hörte ich Stimmen, bald da, bald dort ein Laut, dann sah ich Rauchsäulen im Walde aufsteigen, ich hielt es für Höhenrauch nach dem schwülen Tage. Unterdes aber kam die Nacht und der Mond, die Bäche rauschten im Dunklen neben uns, die Königin wurde immer schöner und wilder, sie riß am Wege leuchtende Blumen ab und kränzte sich und mich damit; so stieg sie mit mir von Klippe zu Klippe, selber wie die Nacht. Nun standen wir am letzten Abhange, schon konnte ich die Stimmen der Meinigen im Waldgrunde unterscheiden, da trat sie plötzlich vor mir auf den Fels hinaus und schleuderte ihren Jagdspeer übers Tal. Kaum aber sahen die unten zerstreuten Wilden ihn funkelnd blitzen über sich, so sprangen alle jauchzend auf und warfen sich wie Tigerkatzen über meine Leute, die sich der Tücke nicht versahen. Jetzt wurde mir auf einmal alles schrecklich klar. Ich zog und hieb voll Zorn erst nach der Königin, sie aber flog schon ferne durch den Wald, so stürzt ich nun den Meinigen zu Hülfe. Diese waren hart bedrängt, nur wenige hatten so schnell zu ihren Waffen gelangen können, ich sammelte, so gut es ging, die Verwirrten, meine unerwartete Gegenwart belebte alle, und in kurzer Zeit war das verräterische Gesindel wieder verjagt.

Aber rings am Saume des Waldes schwoll und wuchs nun die Schar unermeßlich, zahllose dunkle Gestalten mit Feuerbränden wirrten, sich kreuzend, durch die Nacht und steckten in grauenvoller Geschäftigkeit ringsum die Wälder an. Die Sonne hatte wochenlang gesengt über dem Lande, da griff das Feuer, an den Felswänden auf- und niedersteigend, lustig in die alten Wipfel, der Sturm faßte und rollte die Flammen auf wie blutige Fahnen, in der entsetzlichen Beleuchtung sah ich die Königin auf ihren Knien, als sie die Lohen auf uns wenden mit ihrem schrecklichen Gebet. Kaum noch vermochten wir zu atmen in dem Rauch, der von Pfeilen schwirrte, von allen Seiten rückt' es rasch heran, das Schreien, das sprühende Knistern und Prasseln, nur manchmal von dem Donner stürzender Bäume unterbrochen; schon lief das Feuer in dem verdorrten Heidekraut über den Waldgrund, uns immer enger umzingelnd mit seinem furchtbaren Ringe. Da in der höchsten Not teilte der Wind auf einen Augenblick den Qualm, und wir gewahrten plötzlich eine dunkle Furt in den Flammenwogen. Ein reißender Waldstrom rang dort mit dem wilden Feuermanne, der zornig Wurzeln, Stämme und Kronen darübergeworfen hatte. Das rettete uns, wir eilten über die lodernden Brücken und erreichten in der allgemeinen Verwirrung glücklich das Meer, eh uns der große Haufen bemerkte.

Als wir aber an den Strand kamen, sahen wir zu unserm Schrecken unser Boot schon von den Eingeborenen besetzt. Die Königin war's, mit vielen bewaffneten Häuptlingen, sie schienen von unserm Schiffe herzukommen und sprangen soeben leis und heimlich ans Land.

Da sie uns erblickten, nicht weniger überrascht als wir, umringten sie eiligst ihre Königin und suchten uns in die Flammen zurückzutreiben. Auf diesem einsamen Platze aber waren wir die Mehrzahl, es entstand ein verzweifelter Kampf, denn unser aller Leben hing an einer Viertelstunde. Vergebens streckte die Königin mit ihrem tödlichen Geschoß meine kühnsten Gesellen zu Boden, die Häuptlinge fochten sterbend noch auf den Knien, und als der letzte sank, schwang ich die Schreckliche gewaltsam auf meinen Arm und stürzte mich mit ihr und den wenigen, die mir geblieben, in das Boot. – Es war die höchste Zeit, denn schon drangen die Eingeborenen aus allen Felsenspalten und brennenden Waldtrümmern wie ein Salamander auf uns ein, und kaum hatten wir den Bord des Schiffes erklommen, so wimmelte die See von unzähligen bewaffneten Nachen. Ich ließ schnell die Anker lichten, ein frischer Wind schwellte die Segel, die Wilden folgten und bedeckten das Schiff mit einem Pfeilregen.

Nun aber brach auf dem Schiffe selbst der rohe Grimm der verwilderten Soldaten aus. Sie hatten, eh ich sie zügeln konnte, die Königin gebunden und verhöhnten sie mit gemeinen Spottreden; sie aber saß stolz und schweigend unter ihnen, als wäre sie noch die Herrin hier und wir ihre Gefangenen. Auf einmal erkannte sie einen Häuptling, der sich auf einem Kahne tollkühn genähert. Sich gewaltsam auf dem Verdeck hoch aufrichtend, fragte sie, ob alle Weißen von der Insel vertilgt seien, und da er's bejahte, winkte sie ihnen zu, unser Schiff zu verlassen. Die Wilden zögerten erschrocken und verwirrt, ein dunkles Gemurmel ging durch den ganzen Schwarm. Da befahl sie ihnen noch einmal mit lauter Stimme, eiligst an den Strand zurückzukehren, und zu unserm Erstaunen wandten sich alle, Boot auf Boot, aber ein wehklagender Abschiedsgesang erfüllte die Luft wie ein Grabeslied.

Mir war das Betragen der Königin unbegreiflich. Noch einmal leuchtete mir die Hoffnung auf, sie wolle alles verlassen und mit uns ziehn, als plötzlich der Schreckensruf: »Feuer!« aus dem untern Schiffsraum erscholl. Todbleiche Gesichter, auf das Verdeck stürzend, bestätigten das furchtbare Unheil. Das Feuer hatte die Planken der Pulverkammer erfaßt, an Löschen war nicht mehr zu denken, wir waren alle unrettbar verloren. Mich überflog eine gräßliche Ahnung. Ich sah die Königin durchdringend an; sie flüsterte mir heimlich zu, sie selber habe das Schiff angesteckt, als sie vorhin an Bord gewesen. – Jetzt züngelten die Flammen schon aus allen Luken aufs Verdeck hinauf, da, mitten in der entsetzlichen Verwirrung, zerriß sie plötzlich Banden, und freudig und unverwandt nach den brennenden Wäldern schauend, streckte sie beide Arme frei in die sternklare Nacht wie ein Engel des Todes. In demselben Augenblick aber fühlte ich einen dumpfen Schlag, die Bretter wichen unter mir, meine Sinne vergingen, ich sah nur noch einen unermeßlichen Feuerblick wie tief in die Ewigkeit hinein.

Als ich wieder zu mir selbst kam, war alles still überm Meer, nur dunkle Trümmer des Schiffs und zerrissene Leichname meiner Landsleute trieben einzeln umher. Ich hatte im Todeskampf einen Mastbaum fest umklammert. Jetzt bemerkte ich einen Nachen der

Eingebornen, der verlassen sich neben mir auf den Wellen schaukelte. Verwundet und zerschlagen, wie ich war, bot ich meine letzten Kräfte auf und warf mich todmüde hinein. Der Wind trieb mich dicht an dem umbuschten Gestade hin, der Mond schien blaß durch die Rauchwolken, auf der Insel aber hatte unterdes das Feuer auch meine Burg ergriffen, die Flammen schlugen aus allen Fenstern, langsam neigte sich der Turm, und Bogen auf Bogen stürzte alles donnernd in die Glut zusammen. Da sah ich im hellen Widerschein der Flammen fern die Leiche der Königin schwimmen in bleicher Todesschönheit, als schliefe sie auf dem Meere. Auf einem vorspringenden Felsen aber stand der Leutnant, auf sein blutiges Schwert gestützt, ganz allein, vom Feuer verbrannt; er bemerkte mich nicht, mein Schifflein flog um die Klippe – ich sah ihn niemals wieder.

Hier schwieg der Einsiedler, seine Seele schien tief bewegt. Da ihn aber seine Gäste noch immer fragend ansahen, hub er nach einem Weilchen von neuem an: »Was wäre nach jener Nacht noch weiter zu berichten! Ich rang mit Hunger, Sturm und Wogen, ich wünschte mir tausendmal den Tod und haschte doch begierig die zerstreuten Werkzeuge und Gerätschaften auf, die der Wind von dem zertrümmerten Schiff an meinen Nachen spülte. So warf die See mich endlich am dritten Tage an dies Eiland. – Hier zwischen diesen Wäldern stieg ich in die Felseneinsamkeit hinauf: meine Jugend, mein Ruhm und meine Liebe waren hinter mir im Meere versunken, und kampfesmüd hing ich mein Schwert an diesen Baum; da seht, da hängt's noch heut, von Blüten ganz verhüllt.«

»So seid Ihr Don Diego von Leon!« fuhr hier Antonio plötzlich auf, das Wappen seines Oheims auf dem Degengriff erkennend.

»Der war ich ehemals in der Welt«, erwiderte der Einsiedler, »wie kennt Ihr mich?«

Aber der überraschte Antonio lag schon zu seinen Füßen und umklammerte seine Knie, daß ihn des Alten langer weißer Bart wie Höhenrauch umwallte.

Noch bevor dies an der Klause vorging, war Alvarez unruhig aufgestanden und weiter hin unter die Bäume getreten, denn er glaubte einen seltsamen Gesang im Walde zu hören. Nun vernahm es auch der Einsiedler. Auf einmal richtete dieser sich gewaltsam aus Antonios Armen auf. »Im Namen Gottes«, rief er nach dem Walde hin, »wende dich ab und gehe ein zur ewigen Ruh'!« Antonio und Alvarez schauten erschrocken nach dem Fleck, wohin er starrte, und sahen mit Grauen die Frau Venus von der andern Insel zwischen den wechselnden Schatten über den Bergrücken schweifen. Der Hauptmann zog seinen Degen, man hörte die Flüchtige immer deutlicher und näher durch das Dickicht brechen. Jetzt trat sie unter den Bäumen hervor – es war Alma in der Tracht und dem Schmuck ihrer Heimat, so stand sie scheu und atemlos, sie hatte es unten nicht länger ausgehalten und schon lange Antonio zwischen den Felsen wieder aufgesucht.

Einsiedler verwendete keinen Blick von ihr. »Wer bist du?« sagte er endlich. »Du schaust wie sie und bist es doch nicht!« Alma aber war ganz verwirrt und sah ängstlich einen nach dem andern an. »Ich kann ja nichts dafür«, erwiderte sie dann zögernd, »sie sagten's immer, daß ich aussah wie meine Muhme, die tote Königin.« – »Mein Gott«, fiel hier Alvarez ein, »ihr macht mich ganz konfus; so war das also die Insel der wilden Königin, von der wir herkommen?« Alma nickte mit dem Köpfchen. »Auch die Meinigen«, sagte sie, »hielten mich damals, als wir fortfuhren, für die verstorbene Königin, sonst hätten sie euch sicherlich erschlagen.« Da das Mädchen sah, daß ihr niemand zürne, wurde sie wieder heiterer und gesprächiger. Sie erzählte nun, daß sie gar oft in ihrer Heimat von alten Leuten gehört, wie die tapfere Königin mit einem spanischen Schiff, das sie selber angezündet, in die Luft geflogen, in jener Schreckensnacht hätten sie dann ihren Leichnam aus dem Meere gefischt und mit den eroberten Fahnen und Waffen der Fremden in die Königsgruft gelegt, wo die besonders eisige Luft die Toten unversehrt erhalte. Nur Alonzo allein sei von den Spaniern zurückgeblieben. »Wie!« rief Alvarez, »so war der wahnsinnige Alte in seinem tollen Ornat derselbe gewesene Schiffsleutnant!« Alma aber fuhr fort: »Der arme Alonzo bewachte seitdem die tote Königin bei Tag und Nacht und meint', sie schliefe nur, bis er bei unsrer Abfahrt selbst den Tod gefunden.« Der Einsiedler war während dieser Erzählung in tiefes Nachdenken versunken. »Entsetzlich!« sagte er dann halb für sich, »nun ist er abgelöst von seiner schauerlichen Wacht – Gott sei ihm gnädig!«

Unterdes war Alma in die Felsenhalle gegangen und untersuchte dort alles mit furchtsamer Neugier. Alvarez aber rief sie wieder heraus, sie mußte sich zu ihnen vor die Klause setzen, und nun ging es an ein Fragen und Erzählen der alten Zeit, daß keiner merkte, wie die Nacht allmählich schon Berg und Tal verschattete.

Tiefer unten aber rumorte es noch immer im Walde, Sanchez machte eifrig die Runde, denn gab es hier auch nichts zu bewachen, den müßigen Gesellen war es in ihrer Langeweile eben nur um den Lärm zu tun. In einzelnen Trupps auf den waldigen Abhängen um die Wachtfeuer gelagert, sangen sie aus der Ferne schöne Lieder, und sooft sie pausierten, hörte man Meer und Wald heraufrauschen. Das hatte die arme Alma lange nicht gehört; sie plauderte froh in ihrer fremden Sprache und sang und tanzte den Kriegstanz ihres Volks. Diegos Augen aber ruhten bald auf ihr, bald auf dem blühenden Antonio, ihm war, als spiegelte sich wunderbar sein Leben wie ein Traum noch einmal wider.

Die Spanier lagen noch mehrere Tage auf dieser Insel, um günstigen Wind abzuwarten. Don Diego hatte, als er sein Haus im Felsen baute, Gold in Menge gefunden, das lag seitdem vergessen im Schutt. Jetzt fiel's ihm wieder ein, er verteilte den Schatz nach Amt und Würden an seine armen Gäste. Da war ein Jubilieren, Prahlen und Projektemachen unter dem glücklichen Schwarm, jeder wollte was Rechtes ausbrüten über seinem unverhofften Mammon und ließ allmählich die lustigen Reiseschwingen sinken in der schweren Vergoldung. Den Studenten Antonio aber verlangte wieder recht nach den duftigen Gärten der Heimat, um dort in den blühenden Wipfeln mit seinem schönen fremden Wandervöglein sich sein Nest zu bauen. So beschlossen sie alle einmütig, die neue Welt vorderhand noch unentdeckt zu lassen und vergnügt in die gute alte wieder heimzukehren. – Diego schüttelte halb unwillig den Kopf. »So«, sagte er, »hätte ich nicht getan, als ich noch jung war.«

dieser Zeit erwachte einmal Alma mitten in der schönsten Sommernacht, es war, als hätte sie jemand im Schlafe auf die Stirne geküßt. Sie fuhr erschrocken halb empor und sah soeben Don Diego von dem Platze fortgehen, der zu ihrem Erstaunen ganz still und verlassen war. Als sie sich aber völlig ermunterte, vernahm sie tiefer unten ein verworrenes Getümmel, es war, als sei plötzlich über Nacht der Frühling gekommen: ein Jubel und Rufen und Durcheinanderrennen den ganzen Strand entlang.

Jetzt kamen auch mehrere Soldaten mit gefüllten Schläuchen von den Quellen im Walde herab. »Viktoria!« riefen sie ihr zu, »der Wind hat sich gedreht, nun geht's nach Spanien.« Da sprang Alma pfeilschnell auf, suchte emsig alles zusammen und schnürte ihr Bündel und jauchzte in sich, sie meinte, sie hätte den gestirnten Himmel noch niemals so weit und schön gesehen!

Indem sie aber noch so fröhlich hantierte, sah sie Antonio mit Don Diego eilig und in lebhaftem Gespräch vom Strande kommen. Auf der Klippe über ihr stand Diego plötzlich still. »Nun geh hinab«, sagte er zu Antonio, »du beredest mich nicht, ich bleibe hier. Mein Leben ist wie ein Gewitter schön und schrecklich vorübergezogen, und die Blitze spielen nur noch fern am Horizont wie in eine andere Welt hinüber. Du aber sollst dir erst die Sporen verdienen, kehre zurück in die Welt und haue dich tüchtig durch, daß du dir einst auch solchen Fels eroberst, der die Wetter bricht – weiter bringt es doch keiner. Fahre wohl!« Hier umarmte er gerührt den Jüngling und verschwand in der Wildnis. Antonio sah ihm lange in die nachtkühle Einsamkeit nach. – Da erblickte er auf einmal Alma dicht vor sich, schwang sie auf seinen Arm hoch in das aufdämmernde Morgenrot und stürzte mit ihr hinab.

Und als die Sonne aufging, flog das Schiff schon übers blaue Meer, der frische Morgenwind schwellte die Segel, saß vergnügt mit ihrem Reisebündel und schaute in die glänzende Ferne, die Schiffer sangen wieder das Lied von der »Fortuna«, auf dem allmählich versinkenden Felsen der Insel aber stand Diego und segnete noch einmal die fröhlichen Gesellen, denen auch wir eine glückliche Fahrt nachrufen.

Über tredition

Eigenes Buch veröffentlichen

tredition wurde 2006 in Hamburg gegründet und hat seither mehrere tausend Buchtitel veröffentlicht. Autoren veröffentlichen in wenigen leichten Schritten gedruckte Bücher, e-Books und audio-Books. tredition hat das Ziel, die beste und fairste Veröffentlichungsmöglichkeit für Autoren zu bieten.

tredition wurde mit der Erkenntnis gegründet, dass nur etwa jedes 200. bei Verlagen eingereichte Manuskript veröffentlicht wird. Dabei hat jedes Buch seinen Markt, also seine Leser. tredition sorgt dafür, dass für jedes Buch die Leserschaft auch erreicht wird.

Im einzigartigen Literatur-Netzwerk von tredition bieten zahlreiche Literatur-Partner (das sind Lektoren, Übersetzer, Hörbuchsprecher und Illustratoren) ihre Dienstleistung an, um Manuskripte zu verbessern oder die Vielfalt zu erhöhen. Autoren vereinbaren direkt mit den Literatur-Partnern die Konditionen ihrer Zusammenarbeit und partizipieren gemeinsam am Erfolg des Buches.

Das gesamte Verlagsprogramm von tredition ist bei allen stationären Buchhandlungen und Online-Buchhändlern wie z. B. Amazon erhältlich. e-Books stehen bei den führenden Online-Portalen (z. B. iBookstore von Apple oder Kindle von Amazon) zum Verkauf.

Einfach leicht ein Buch veröffentlichen: **www.tredition.de**

Eigene Buchreihe oder eigenen Verlag gründen

Seit 2009 bietet tredition sein Verlagskonzept auch als sogenanntes "White-Label" an. Das bedeutet, dass andere Unternehmen, Institutionen und Personen risikofrei und unkompliziert selbst zum Herausgeber von Büchern und Buchreihen unter eigener Marke werden können. tredition übernimmt dabei das komplette Herstellungs- und Distributionsrisiko.

Zahlreiche Zeitschriften-, Zeitungs- und Buchverlage, Universitäten, Forschungseinrichtungen u.v.m. nutzen diese Dienstleistung von tredition, um unter eigener Marke ohne Risiko Bücher zu verlegen.

Alle Informationen im Internet: **www.tredition.de/fuer-verlage**

tredition wurde mit mehreren Innovationspreisen ausgezeichnet, u. a. mit dem Webfuture Award und dem Innovationspreis der Buch Digitale.

tredition ist Mitglied im Börsenverein des Deutschen Buchhandels.

Dieses Werk elektronisch lesen

Dieses Werk ist Teil der Gutenberg-DE Edition DVD. Diese enthält das komplette Archiv des Projekt Gutenberg-DE. Die DVD ist im Internet erhältlich auf **http://gutenbergshop.abc.de**

FSC
www.fsc.org

MIX

Papier | Fördert
gute Waldnutzung

FSC® C083411

Zeitfracht Medien GmbH
Ferdinand-Jühlke-Straße 7
99095 Erfurt, Deutschland
produktsicherheit@kolibri360.de